COROA DE LANDES

CATHERINE FISHER

COROA DE LANDES

novo século®

São Paulo, 2012

PRODUÇÃO EDITORIAL Equipe Novo Século
DIAGRAMAÇÃO Luciana Inhan
CAPA Carlos Eduardo Gomes
TRADUÇÃO Pedro H. F. Cruz
PREPARAÇÃO DE TEXTO Edilson Moura
REVISÃO Cátia de Almeida

Texto de acordo com as normas do Novo Acordo Ortográfico da Língua Portuguesa (Decreto Legislativo nº 54, de 1995)

Dados Internacionais de Catalogação na Publicação (CIP)
(Câmara Brasileira do Livro, SP, Brasil)

Fisher, Catherine
Coroa de landes / Catherine Fisher ;
[tradução Pedro Henrique Faria Cruz]. --
Osasco, SP : Novo Século Editora, 2012.

Título original: Crown of acorns.

1. Ficção inglesa I. Título.

11-09485 CDD-823

Índices para catálogo sistemático:
1. Ficção : Literatura inglesa 823

2012
IMPRESSO NO BRASIL
PRINTED IN BRAZIL
DIREITOS CEDIDOS PARA ESTA EDIÇÃO À NOVO SÉCULO EDITORA
Alameda Araguaia, 2.190 – Conj. 1111
CEP: 06455-000 – Barueri – SP
Tel. (11) 3699-7107 – Fax (11) 2321-5099
www.novoseculo.com.br
atendimento@novoseculo.com.br

In memorian
John Wood.

O PROJETO

Voltei meus pensamentos ao desenvolvimento da cidade por meio da construção.

Bladud

Pare! Ir mais longe é perigoso.
O círculo é a mais velha magia.
Se adentrá-lo, ele o envolverá.

Meu nome foi proibido de ser pronunciado. Ninguém mais, desde então, proferia as sílabas dele para mim. Ninguém me tocava ou me abraçava. Você consegue imaginar tal coisa, você que vive longe, no ciclo dos anéis dos anos?

Se um homem está doente, já é bastante ruim. Mas, se um rei adoece, seu reino é arruinado; ele se torna o responsável por toda a ruína.

Inicialmente, senti febre e muita coceira. Recebi toda atenção e cuidado. Mas, quando a lua minguou, os sinais da doença ficaram evidentes; furúnculos e pústulas estouraram em minha pele.

Sacrifícios foram feitos, videntes foram consultados. As pedras me disseram o que tinha de ser feito.

Escolhi uma noite sem luar e, no momento mais intenso da escuridão, levantei-me de minha cama e abandonei meu reino.

Meu povo saiu de casa para assistir à minha partida. Fizeram duas filas nas colinas e silenciaram suas faces diante do medo. Minha esposa e meus filhos me evitaram, horrorizados.

Era um rejeitado.

Um fantasma debaixo da lua.

Longe dos povos do círculo, rastejei; não me aproximei muito para que não vissem a deformação do meu rosto.

Quantos meses eu deitei em folhas secas, não saberia dizer.

Sem os círculos, não existe tempo, nem há como medi-lo.

Minhas vestes transformaram-se em trapos.

Minha pele foi rasgada pelos arranhões, dilacerada pelo pus. Passei a ser um contágio, uma lepra em minha própria terra. Eu era um rei, um druida e, mesmo assim, um homem prestes a morrer.

Precisava de um milagre.

E eu o encontrei.

Sulis

A mochila lilás comprada por Alison em Sheffield estava no colo daquela que a acompanhava; tinha o olhar fixo na cidade perfeita, onde seria curada.

A janela do trem estava encardida, mas através dela observava como as construções subiam a colina, como seus terraços espiralados e curvos, bem como suas ruas largas, tinham sido talhados no mesmo tipo de pedra cor de mel amanteigada. Precisa. Maravilhosa.

Do lado oposto, no assento do corredor, Alison a observava.

– É como você esperava?

– Melhor, muito melhor – respondeu.

– Há ruínas sob algumas partes da cidade, não há?

Concordou, embora seus olhos contemplassem seu reflexo na janela do trem.

– Águas termais. O templo de uma deusa.

Ela havia passado uma tarde inteira, na biblioteca de Sheffield, desvendando esses mistérios.

Alison sorriu:

– Você fez sua lição de casa!

Ela franziu a testa. Alison fingia com frequência ser do tipo ignorante, tola, como uma assistente social que não sabia de nada. Isso era sempre irritante.

– Os romanos chamavam a cidade de *Aquae Sulis*. As águas de Sulis. Esse era o nome da deusa.

Sua voz era fria; com um olhar inexpressivo, encarou Alison.

Os olhos de Alison dilataram-se.

– Então foi daí que você tirou seu nome. Por isso nunca tinha ouvido falar dele antes.

A voz do guarda estalou no alto-falante.

– Baldeação para as linhas Templo das Pradarias de Bristol e Tauntan. Certifiquem-se de pegar todos os seus pertences e tenham cuidado com o vão entre o trem e a plataforma ao desembarcar.

Ela se levantou sentindo tensão em seu estômago e, em seguida, colocou sua mochila sobre os ombros. Alison se espremeu ao passar por um homem lendo o jornal; tirou com mãos firmes as duas malas do bagageiro, carregando-as estranhamente de lado pelo corredor estreito do vagão.

O trem diminuiu a velocidade ao chegar a uma plataforma comprida. Ela percebeu que até mesmo a estação era dourada e que, por trás dos anúncios de filmes e livros, havia uma cafeteria. Sua boca estava seca. Suas mãos coçavam.

O perfume de Alison era doce e enjoativo. A fila inteira de pessoas em pé, na plataforma, observava atentamente o trem enquanto parava. As portas se destravaram com um barulho que a fez pular e fixar os olhos no vidro para ver se uma pedra, porventura, havia sido arremessada. Mas a janela estava inteira.

Num instante, estavam percorrendo a plataforma em meio à multidão impaciente que, ao passar por ela, a empurrava sem sequer notá-la.

Havia alguns ruídos novos para seus ouvidos, e uma brisa suave soprava. Respirava profundamente o cheiro de fumaça da estação, misturando-se com os aromas de café. Moças corriam para abraçar as pessoas que as esperavam. Um homem falava alto em seu celular enquanto passava:

– É o máximo de harmonia e equilíbrio.

Alison virou, perguntando:

– Tudo bem?

– Tudo. – Puxou a mochila por sobre seus ombros. Mantinha a alegria e o medo em segredo, escondidos dentro de si.

Desceram alguns degraus e entraram no saguão de reservas. Não se comparava à agitação de Sheffield. Poucas pessoas nas filas em busca de passagens. Contudo, quando os passageiros dos trens iam embora, o silêncio era quase total.

– Nenhum sinal deles – disse Alison, franzindo profundamente as linhas pequenas de sua testa. Largou as malas perto da parede. – Eles disseram que estariam aqui para nos encontrar. Vou checar se estão lá fora, me espere.

Quando Alison saiu, sentiu-se esquisita em pé naquele lugar. Seus olhos estavam em alerta, tentando observar tudo, mas você não consegue, consegue? Havia um turbilhão de coisas atraindo sua atenção. Percebeu que a velha ansiedade havia voltado e observava as pessoas para ver se estavam olhando para o seu rosto, para ver se a reconheciam. Besteira! Ela virou-se, respirou fundo e fechou os olhos.

– Eles não conhecem você – murmurou. – Ninguém está olhando para você. Você está salva. Vida nova. Você é uma pessoa nova.

A voz da doutora Marlory era suave em sua cabeça. Ela abriu os olhos e leu os cartazes na parede. Em um deles havia um anúncio turístico de Stonehenge: VEJA O GRANDE CÍRCULO DE PEDRA DA INGLATERRA! Mostravam, no anúncio, os grandes megalíticos sob um imenso céu azul. Ela leu o anúncio três vezes. Depois, pegou seus óculos escuros e os colocou.

– Eu sabia que eles iriam atrasar! Eu disse claramente quatro e meia!

Alison voltava para junto de sua acompanhante. Com o suor escorrendo por sua pele morena, arrastava as malas.

– Vamos. Vamos esperá-los lá fora.

Táxis se enfileiravam na pequena entrada. Ela poderia ter se atirado em um deles. Poderia ter ido para qualquer lugar. Os motoristas olharam para ela, mas estava tudo bem. Eles estavam apenas esperando por uma corrida. Alison observava uma senhora negra, vestida com um terno, e um estudante molambento. Ambos não a viram. Ela era imperceptível.

Alison estava com o celular na mão, mas era óbvio, pela expressão de seu olhar, que ninguém atendia.

– Que sofrimento! Tenho de pegar o trem de volta daqui a vinte minutos...

– Então vá! Vou ficar bem – disse sua acompanhante.

Alison a encarou:

– Você sabe que eu não posso fazer isso. Eu devo ficar aqui com você até que eles cheguem.

– Entregar-me pessoalmente.

– Ouça, M... – conteve-se.

– Deve me entregar como um pacote.

Gostava de encher Alison. Atormentá-la. Alison sabia disso:

– Você precisa me cutucar, né?

Então seus olhos dilataram-se. Fechou o telefone numa pancada e sorriu aliviada.

– Chegaram.

Vinham apressadamente entre os carros na rua. Eram exatamente os mesmos que conhecera na entrevista e no passeio ao zoológico.

Os cabelos loiros de Hannah estavam amarrados com um lenço azul. Usava um vestido casual e uma jaqueta de lã verde-clara.

– Oh, meu Deus! – disse ela. – Sinto muito! Foi o trânsito.

Simon usava uma jaqueta com capuz e um *jeans* cheio de buracos, feitos de modo proposital. Ele era mais velho, com cabelos apresentando fios grisalhos. Um quarentão que tentava se passar por homem mais jovem.

– Oi – disse ele.

Ela sorriu:

– Oi.

Alison apertou as mãos deles. De repente, tudo parecia muito formal, e ficaram se olhando em meio aos táxis, um pouco desconcertados. Então Simon se aproximou e beijou os dois lados da face de Alison. Ela sentiu o perfume amadeirado da sua loção pós-barba e o estranhou. Hannah procedeu da mesma maneira. Os lábios dela eram ligeiramente frios.

– Você já se decidiu sobre algum nome?

Ela deu um passo para trás. Sua acompanhante adiantou-se:

– Sim.

Alison fez uma careta e comentou:

– Ela poderia ter escolhido qualquer nome deste mundo, mas foi escolher justo um que chama atenção a um quilômetro de distância. A ideia de ela estar aqui é para ficar imperceptível. Segura.

– Decidi por este nome e você não vai me impedir. – Voltou-se para seus novos pais temporários: – De agora em diante, vocês devem me chamar de Sulis.

Eles aceitaram o nome muito bem. Hannah deu uma risada nervosa, claramente surpreendida. Simon balançou a cabeça para o lado e ponderou:

– Por que não? Talvez fosse o tipo de nome que daríamos aos nossos filhos. Vocês não acham? Um pouco incomum, um pouco *hippie*.

Sulis também achou. Ela intuiu isso assim que os viu, sabia que seu nome não poderia ser enfadonho, invisível.

– A melhor maneira de se ocultar – disse ela – é não se esconder absolutamente. Você não acha?

– Você tem certeza? – Alisson duvidava.

– Eu gosto! A gente pode abreviá-lo para Su.

Simon balançou a cabeça como se a decisão pertencesse a ele. Disse:

– Assim seja, Sulis. – E, voltando-se para Alisson, continuou: – Você vai ficar para uma xícara de chá, senhora West?

– Receio que não. – Alison a olhou com pesar e concluiu: – Tenho que retornar no próximo trem – voltou seu olhar preocupadamente ao redor. – Podemos ir para um lugar mais longe da vista?

– Meu carro está logo ali virando a esquina – Simon disse rapidamente. Pegou as malas e saiu andando sem olhar para trás. Os outros o seguiram.

Para surpresa de Sulis, Hannah deslizou seu braço furtivamente sobre seus ombros, apertando-a.

– Estamos tão felizes por tê-la conosco! – sussurrou enquanto caminhavam em direção ao carro. – Nós vamos nos dar muito bem, já posso ver.

Sulis sorriu. Ela já havia ouvido isso outras vezes.

Apertando-se no banco de trás do carro, Alison fuçou dentro de sua maleta. Tirou um envelope dela.

– Está tudo aqui: passaporte, certidão de nascimento com o novo nome, seguro-saúde nacional e histórico médico. Tudo que você precisa.

Simon perguntou:

– Fotos?

– De quando era bebê, com vocês dois. Os técnicos fizeram uma bela montagem, juntaram vocês digitalmente ou algo parecido. Histórico escolar... bem, você verá. Também existe um número de contato telefônico em nosso departamento, mas é para ser usado apenas em caso de emergência. O serviço social local e a polícia possuem agentes conectados. Os telefones deles estão aí também. Vão manter contato.

Sulis fez cara de reprovação:

– Vida nova, você disse. Achei que isso significava que não haveria mais assistentes sociais.

– Sim, mas você precisa entender...

– Ah! Entendo perfeitamente.

Virou-se e olhou para fora da janela. Na calçada, do outro lado da rua, havia um homem sentado junto à janela de uma cafeteria, bebendo algo em uma xícara branca. Olhou-a fixamente, o que a fez colocar de novo seus óculos escuros apressadamente.

– Você já passou por isso outras vezes, querida.

Alison trocou olhares doloridos com Simon.

– Quando completar 18 anos, M... Sulis, poderá fazer o que quiser, sabe disso. Mais três meses, isso é tudo. Até lá, é nossa responsabilidade.

– Tudo bem. – Pensou se haveria algum tipo de vigilância sobre ela. Como saberia? Talvez aquele homem no café fosse um deles. Mas ele já havia ficado para trás, pago pela sua refeição no caixa e saído.

Alison escorregou para o outro lado do assento aquecido.

– Adeus, então, meu amor, e boa sorte. Tenha uma ótima vida. Não deixe o passado estragar isso.

Abraçaram-se. Sulis sentiu o corpo macio de Alison apertá-la. Sentiu o cheiro do Channel que ela sempre usava. Surpreendeu-se com o remorso repentino que a acometera. Dentre todas as assistentes sociais que conhecera, e já houvera dúzias delas, nenhuma havia se tornado uma amiga verdadeira. Porém, quando Alison desceu do carro, arrumou sua jaqueta e acenou se despedindo, Sulis sabia, com uma certeza gélida, que ela era mais uma das que nunca mais voltaria a encontrar. Já deveria ter-se acostumado com isso. Sua vida sempre fora repleta de estranhos, que permaneciam em seu convívio, até quase conhecê-los intimamente, e depois partiam. Desta vez, quando acenou de volta, um vazio esquisito surgiu dentro de si.

Logo após, o silêncio tomou conta do carro. Então Simon inclinou-se em direção ao rádio e ligou o *CD player*. Um pouco de *jazz* saiu dos alto-falantes. Abaixou o volume.

– Então, vamos.

Virou-se e olhou, por sobre o encosto de seu assento, para ela. Seu rosto estava bronzeado, resquício de férias recentes.

– De agora em diante, contaremos a história que nossa filha voltou da escola e somos todos parte de uma família feliz – disse Simon.

Sulis sorriu timidamente.

– As pessoas não vão perguntar?

– Nós mesmos estamos aqui há alguns meses apenas – continuou Simon –, ninguém nos conhece muito bem. Somos novos na cidade.

Finalmente, Hannah ligou o motor do carro; Sulis desejou que ele houvesse dito algo diferente, mais confortante, e que lhe desse as boas-vindas, mostrando o quanto estava ciente de seu medo e de sua apreensão. Mas ele já havia se virado e agora apenas se preocupava com um cone, na rua, do qual Hannah desviara.

Hannah dirigia e batia papo ao mesmo tempo, mas Sulis mal conseguia ouvi-la. Haviam saído do estacionamento e passavam por ruas nas quais prédios se erguiam dos dois lados de modo majestoso. Suas fachadas georgianas eram harmoniosas e ordenadas, com nomes entalhados, batentes de madeira brancos, parapeitos pintados de preto ao redor das áreas mais baixas, com jardineiras e cestos de flores.

Enquanto o carro roncava atrás de um ônibus vermelho de dois andares repleto de turistas, Sulis abraçou sua mochila lilás contra seu peito e tentou não sorrir escancaradamente. Tinha visto fotos da cidade, mas não lhe faziam jus. O sol brilhava e as ruas douravam-se repletas de compradores, de carros e de uma multidão de visitantes. Gaivotas e estorninhos batiam asas sobre os telhados das casas. No alto da estrada, o carro virou à esquerda e depois à direita em uma rua de grande extensão. As casas imponentes, enfileiradas, tinham janelas altas e brilhantes. Sentiu como se fossem nobres acompanhantes enfileiradas de um lado e de outro com o intuito de escoltá-la morro acima. Construções lindas e antigas davam a ela uma sensação de calma. Uma cidade disposta de modo perfeito. Ao dobrar a última esquina, deu um suspiro, surpreendida. Hannah sorriu para ela pelo retrovisor.

– Maravilhoso, não acha? Este lugar também sempre me emociona – comentou Hannah.

Adentraram um círculo de casas. Três ruas, como raios de uma roda de motocicleta, conduziam a ele. Enquanto o carro ronronava vagarosamente ao redor do Círculo, Sulis sentia um prazer tranquilo ao ver a fachada erguer-se em direção ao céu azul; ela se sentia protegida em seu interior. Suportadas por pilares, com três pavimentos de janelas altas, as casas eram geminadas: faziam parte de um mesmo terraço. No telhado, pedras em forma de landes eram dispostas em intervalos simétricos.

As calçadas eram largas, os parapeitos, pretos e polidos. No centro do espaço circular, cinco árvores elevavam-se por sobre os telhados.

– Bem-vinda ao Círculo do Rei – disse Simon.

– Vocês moram aqui?

Balançou a cabeça num gesto positivo.

– A casa não é inteiramente nossa, pois isso nos custaria uma fortuna. Temos um apartamento, no andar superior, com vistas maravilhosas.

Hannah estacionou no meio-fio.

– Chegamos, Sulis.

Ao sair do carro e colocar-se em pé na calçada, Sulis teve um sentimento diferente, como se houvesse, de algum modo, chegado à sua casa. Mas, até onde se lembrava, nunca havia estado naquele lugar antes. Desde aquele dia horrível, quando ainda tinha 7 anos de idade, vivera em uma dúzia de casas e apartamentos diferentes. Alguns apertados, outros medianos, e até mesmo em uma fazenda nos pântanos de Yorkshire. Mas nunca em um lugar como este. O degrau, a porta branca com aldrava dourada, o corredor arejado, com piso preto e branco, e a escadaria curvada eram lindos. Deixou Simon trazer as malas. Estava ansiosa para subir correndo atrás de Hannah e conhecer seu lar.

– Aqui no porão mora o senhor Thomas, empresário.

Voltou a falar, suas mãos escorregavam pelo corrimão de madeira enquanto subiam.

– A senhora Wilson, no primeiro andar. Uma idosa que mora aqui há muitos anos. Um casal de Londres, no segundo andar, que utiliza este local como casa de veraneio. Ambos só aparecem por aqui nos finais de semana. Nós moramos no terceiro andar.

Enfiou a chave na fechadura e abriu a porta. Ao entrar, disse a Sulis:

– Seu quarto é no sótão. É melhor descer e dar uma mão ao Simon. Suas costas estão preguiçosas, algo que nunca admitirá.

Então, desceu as escadas ruidosamente.

Sulis colocou sua mala sobre uma cadeira. Perambulou em meio a um espaço alto, de uma brancura perfeita e com cortinas leves sobre as janelas elevadas.

Um sofá de couro com alguns livros jogados sobre ele, uma TV, uma mesa e um pouco de música enchiam a sala.

Havia um suave cheiro de fumaça de velas. Do outro lado, um corredor com portas laterais, cujo final terminava em uma pequena escada branca de madeira. Correu para subi-la e percebeu uma passagem estreita, provavelmente projetada para empregados, e que conduzia a uma porta toda arranhada.

– Achou? – Simon bradou do andar inferior.

– Sim – respondeu.

– Ótimo. Chá ou café?

– Chá, por favor.

Ficou em pé, próxima à porta. Um quarto com tábuas de assoalho pintado de branco e paredes forradas de painéis brancos davam forma a um quarto comprido e baixo. Havia um tapete, uma escrivaninha, uma cadeira e uma cama. A única coisa grande do quarto era a janela de vidro, plana e retangular, que se abriu. Para sua satisfação, percebeu que poderia sair por ela em uma plataforma com um corrimão de pedra falsa. Uma gaivota saiu voando queixosamente. Sulis abaixou-se, atravessou a janela, ficou em pé na plataforma. Um de seus braços se apoiou firme no suporte de um dos grandes landes, cuja pedra estava quente. Perante ela, o Círculo do Rei erguia-se perfeitamente e a contemplava como uma plateia educada e distante.

Carros circulavam vertiginosamente sob seus pés. Uma mulher andava com um carrinho de bebê na calçada. Das árvores, uma multidão de gralhas levantou-se. Crocitaram e, voltaram a pousar nelas.

Sulis permaneceu naquele firmamento, refletindo sobre o porquê de sentir tanto medo, como se o prazer fosse capaz de aterrorizar alguém.

Pensava em que tipo de pessoa este novo estilo de vida a faria ser e em que ela se tornaria.

Zac

Dois homens acendiam lampiões do lado de fora de uma taberna sombria. Quando pedi informações sobre qual caminho deveria seguir, olharam para mim revelando-me quão tolos eram.

– Você é do norte, mestre?

– Não é da sua conta.

Riram um para o outro provavelmente por causa do meu sotaque. Um deles falou:

– A casa nova é naquela direção, no Beco Giles.

– Obrigado.

Enquanto me afastava, senti seus olhos em minhas costas. Peguei o cabo de meu bastão que Forrest havia pedido para levar. Ele me dissera que a cidade era perigosa à noite. Uma risada escarnecedora, baixinha, me dizia que eles ainda me observavam. Um deles bradou:

– Cuidado ao ir àquela caza, zenhor. Tem fantasmas lá.

As classes mais baixas deste lugar falam com um dialeto *zuave e engrazado*, trocam o som do s pelo do z. Levei semanas para começar a entender o que diziam. Fiquei molhado ao passar pelos córregos imundos daquela rua, pisei em um monte de esterco e virei no que, provavelmente, chamavam de Beco Giles.

Estava escuro. Por cima de minha cabeça, as casas se juntavam e, com seus beirais desgastados, obstruíam a visão do céu. Algo parecido com um rato correu sobre minhas botas. Golpeei-o, mas rapidamente ele se esquivou e meteu-se em um buraco. Ao continuar caminhando, percebi que meus passos me conduziam a uma abertura estreita.

Seria este o lugar?

Parei. Atinei que aqueles homens poderiam ter me mandado para cá para zombarem de mim ou por terem algum propósito mais obscuro ainda. Roubo. Ou até mesmo assassinato! Meus dedos apertavam o cabo suado do meu bastão. Olhei para trás.

A noite fedia a vegetais em decomposição e esterco. Esta região de Aquae Sulis ainda era um local cheio de becos sujos e fétidos. Por um momento, compreendi o motivo de meu novo mestre Forrest perturbar-se tanto com este lugar. E, principalmente, o motivo de sua obsessão de tornar esta cidade gloriosa, construindo terraços iluminados pelo sol e ruas largas e arejadas. Ninguém estava vindo cortar minha garganta; então segui apalpando o caminho à minha frente. Minhas luvas se sujavam na parede lodosa. Depois de um tempo, cheguei a uma estrutura arqueada, com uma lamparina apagada ao lado, ainda fumegante, como se tivesse acabado de ser extinta.

Ainda não tinha sino para ser tocado, nem portão. Inclinei-me, atravessei o arco e encontrei um pátio. Pude ver vagamente pedras de construção amontoadas, de cuja pilha vinha uma poeira sufocante que me fez espirrar demasiadamente alto. O som ecoou. A lua, num perfeito crescente, elevava-se sobre o telhado ainda não terminado.

Limpei meus olhos com um lenço e disse:

– Mestre Forrest? Você está aí, senhor?

A carta que eu trazia estava amassada no bolso do meu colete.

– É o Zac, senhor.

Naturalmente ele não estava lá. O lugar estava deserto e os trabalhadores já tinham ido para casa. Até mesmo o vigia estaria em alguma taberna àquela altura.

Virei, aborrecido.

Então, algo bateu na janela ao meu lado.

Confesso que gelei de medo, pois não havia nada lá, a não ser uma janela escura com caixilhos que refletia minha imagem fantasmagórica. Sobre a janela, em uma construção de pedra, havia uma escultura semiacabada de um homem coroado, uma cópia óbvia da obsessão mais excêntrica de meu mestre Forrest: *Bladud*, um rei druida da Antiguidade. Pouco tempo depois, aproximei-me da janela e coloquei meu rosto para olhar o que havia dentro, bloqueando a luz do luar com minhas mãos.

– Mestre! Chegou uma mensagem para o senhor. O homem solicitava uma resposta urgente.

O cômodo estava completamente escuro. Esta era uma das casas do projeto de Forrest que a equipe de Peter Bull estava construindo. Os homens da equipe de Bull eram preguiçosos. O trabalho estava atrasado há semanas e, no dia anterior, Forrest tinha ficado furioso na oficina, pois descobrira que haviam misturado pedras ruins com boas, o que faria a obra cair aos pedaços dali a alguns anos.

Bati na janela suavemente.

– Senhor? Você está aí?

Uma pancada forte. Alguma coisa bateu na janela, acertando o meu rosto em cheio. Pulei para trás, apavorado, com todos os meus nervos tremendo, enquanto minha mão segurava a lâmina do bastão.

Ugh! Preto. Preto e voador, como um demônio alado.

Retornou e deu outra pancada. Assim que gritei, meu medo diminuiu ao ver os olhos pequenos, brilhantes e selvagens daquele que me assustara. Foi aí que compreendi. Havia um pássaro preso na sala. Expirei aliviado. Aquele lugar estava me assustando. Endireitei meus ombros e esbocei uma aparência confiante. Então, andei até o lugar onde a porta deveria estar e, através de sua fresta, espiei o corredor interno. A casa, semiconstruída, era uma mistura de sombras e feixes brilhantes de luar. Faltavam painéis nas paredes internas e tábuas no assoalho. A ausência das tábuas funcionava como armadilhas negras para um incauto.

Pensei em ir embora. Mas sabia que, se o fizesse, aquele pássaro voaria em meus sonhos a noite inteira e já era bem difícil dormir sem ele. Era uma questão de minutos tirar aquela coisa de lá. Sondando com meu bastão, introduzi-me cuidadosamente em meio a uma escuridão espessa pelo pó de serra. Senti um cheiro picante de pinheiro e aguarrás. Cavacos ondulados de madeira ruíam sob meu calcanhar. Até onde consegui enxergar, percebi que o corredor tinha três portas. No final dele, o esqueleto de uma escada conduzia a uma escuridão espessa. Colei meus ouvidos na primeira porta e me pus a escutar. Pancadas. Sussurros. Um silêncio tão demorado que achei que o pássaro tinha morrido. Depois, ouvi um grito áspero. Virei a maçaneta e olhei para dentro.

Este cômodo estava quase terminado. Os painéis de madeira eram de um carvalho escuro. Uma grande lareira de mármore aparecia na parede ao longe. O pássaro deve ter entrado por ali, imaginei.

Não consegui vê-lo, mas, de repente, começou a ziguezaguear em meio à escuridão. E, desta vez, a pancada no vidro da janela fora tão violenta que o pássaro iria quebrar seu pescoço tentando atravessá-lo se eu não fizesse algo rapidamente. Entrei na sala.

Atrás de mim, a porta se fechou com um clique.

Deixei escapar um palavrão, enquanto tateava desesperadamente procurando a maçaneta. Ela não estava lá. Imediatamente, um monte de penas assobiou ao passar perto de meus ouvidos. Tão perto que senti o bafejo do ar em minha orelha. Abaixei-me. A preocupação de o pássaro detestável me acertar ou se enrolar em meus cabelos, ou picar meus olhos me apavorou. Atirei-me de joelhos com as mãos no chão, deixando cair meu bastão, amaldiçoando Peter Bull e seus trabalhadores preguiçosos. Como eu poderia sair de lá sem uma maçaneta na porta? Ficaria preso ali a noite inteira? Provavelmente Forrest chegaria à casa em que moro, chamando pelo meu nome, ao mesmo tempo em que a Sra. Hall sairia da cozinha para dizer-lhe que tinha chegado uma mensagem e que eu havia saído para o Beco Giles. Talvez viesse me procurar.

Outra arremetida. Lá estava o pássaro. Havia pousado na lareira. Percebi uma sombra pequena e encurvada. Sons de arranhões suaves e batidas de asas vinham do escuro. Um olho brilhante refletia a luz do luar. Estava me observando.

Saber onde ele estava foi o que me fez recobrar a coragem. Levantei-me, olhando fixamente para ele e andando de costas em direção à janela.

Crack!!!

Sombras ziguezaguearam ao meu derredor. Fui açoitado por um bando escuro.

A sala estava cheia de pássaros. Gritei e me atirei no chão. Quantos pássaros havia ali e de onde vinham? Estava preso com pássaros que comiam cadáveres e picavam os enforcados. Talvez o meu corpo já sem olhos fosse encontrado pela manhã. Pelo menos Peter Bull ficaria assustado.

Esfreguei meu rosto com minha mão cheia de areia e disse a mim mesmo para não ser um tolo. Tudo o que precisava fazer era chegar à janela, abri-la e as "coisas" sairiam voando. Então, poderia escalar o peitoril. Seria uma situação um tanto estúpida para mim. Ninguém jamais saberia disso, e amanhã eu poderia até achar graça do ocorrido.

Cuidadosamente, mantendo minha cabeça abaixada, rastejei por sobre as tábuas ásperas. Alguns pregos furaram as palmas das minhas mãos. O carvalho rangia sob meus joelhos machucados. Agora podia ver a bagunça que os pássaros haviam feito. Manchas brancas sujavam os painéis de carvalho e a lareira. Os pássaros pareciam gralhas. De súbito, um feixe de luz do luar surgiu por trás de uma nuvem e os vi empoleirados na lareira, uma fileira escura. Alguns poderiam até estar na parte superior da janela. Um estava no canto da sala, em uma cadeira. Tentei não respirar. Estava quase conseguindo. Tateei abaixo e toquei uma mão quente. Fiquei horrorizado. Gritei, estremecendo!

Os pássaros entraram em pânico, batendo nas paredes e nos vidros, esmagando seus ossos delicados. Alguma coisa se esfregou em meu ombro. Vi de relance o movimento rápido de um vulto que me fez pular e me atirar contra a janela, tentando mover o peso dela para cima. Não se movia. Xinguei e forcei novamente a janela, mas o peitoril estava coberto com fezes de pássaros. Uma asa negra bateu em cheio no vidro. Penas irromperam a poucos centímetros do meu rosto. Levantei meu bastão e golpeei com a lâmina o batente da janela. O suor me cegava. Pássaros, como uma chuva de suicidas, mergulhavam contra o vidro. A madeira se fragmentava. Forcei com mais vigor. Atrás de mim, a porta abriu-se violentamente.

– Deixe essa janela em paz, senhor!

A voz era calma e me congelou como uma ducha de água fria.

Forrest estava em pé na porta olhando os pássaros pretos que mergulhavam ao seu redor. Andou com passos largos atravessando o cômodo. Empurrou-me de lado e levantou os caixilhos novos mal alinhados com ambas as mãos, para que penetrasse uma rajada de ar chuvoso, que nos dispersou por causa de seus respingos.

Cambaleei. Mesmo assim sofri para manter meu braço sobre meus olhos, sem ele perceber.

– Vá para o lado – falou rispidamente. – Dê espaço a eles.

Três pássaros mergulharam pela janela na escuridão. Outro bateu na chaminé com um ruído que me fez estremecer.

Forrest batia, movia e balançava suas mãos delicadamente.

O último pássaro agitava-se. Rodeou-nos, pousou e agarrou o encosto da cadeira de modo desajeitado.

A sombra de Forrest era gigantesca na parede.

– Vá agora – disse, aproximando-se dele. – Voe livremente, espírito negro.

Mas a gralha não saiu. Pelo contrário, pulou em sua mão.

Será que ele estava tão surpreso quanto eu? Aquilo era a coisa mais extraordinária. O pássaro e meu mestre se saudavam. De um lado, olhos pretos, grandes e redondos; do outro, olhos castanhos tranquilos, como se uma mensagem silenciosa passasse entre eles. Vi unhas com escamas trespassarem a pele de Forrest, um corpo coberto de penas brilhantes procurando equilibrar-se.

Um segundo de quietude.

Depois, bateu asas e se foi, adentrando a noite chuvosa.

– Surpreendente! – sussurrei.

Forrest concordou balançando a cabeça vagarosamente.

– Um momento verdadeiramente druídico. Ele pareceu permanecer por um instante naquele momento mágico. Então, sussurrou e olhou para mim. Vi a insensatez daquela situação retornar ao seu olhar.

– Zac, o que você fez consigo, em nome de Deus?

De repente, tive consciência da poeira e da sujeira que cobriam minhas mãos e meu rosto. Minhas roupas! Arruinadas!

– Estava procurando pelo senhor. Então presumi... que os pássaros estavam presos.

– Que bagunça!

Forrest andou novamente com passos largos até a lareira, curvou-se sob ela e olhou pela abertura da chaminé.

– Esse Peter Bull desajuizado não tampou a chaminé. Juro que esse homem ainda vai me matar algum dia desses...

Então eu disse suavemente:

– Senhor, tem mais alguém no cômodo.

Ele se virou. Na luz do luar, vi seu rosto fino e seus olhos com aquele olhar fixo que frequentemente me desfalecia. Então, olhou para onde eu estava apontando.

Ela estava agachada no canto, atrás da cadeira.

Alguma coisa cinza, parecida com um saco, moveu-se sobre ela. Encolheu-se debaixo dele pensando que assim estaria se escondendo de nós. Por um momento pensei que ela era realmente um fantasma de tão pálida e magra.

Forrest me surpreendeu. Agachou-se. Sua voz era muito suave, como aquela que usara com o pássaro.

– Quem é você?

Ela fez um barulho baixinho, como um soluço ou um sussurro.

Forrest olhou para o alto.

– Pegue uma luz, Zac, rápido.

Ao sair do cômodo, eu a ouvi dizer:

– Sylvia.

Demorei a encontrar um acendedor e uma candeia no escritório do capataz. Quando os trouxe para dentro da sala, a menina já estava sentada na cadeira.

Forrest estava em pé ao lado da lareira. Tive a impressão de que se afastara dela ao ouvir que eu estava chegando. Coloquei a candeia nas tábuas ásperas do assoalho.

Então, olhei para a garota.

Era muito bonita.

Seu rosto era magro, estava sujo e com marcas redondas de pústulas inflamadas, que certamente tinha por hábito coçar. Seus cabelos eram de um vermelho vivo como cobre e tinham sido presos. Contudo, agora estavam se soltando e caindo sobre seus ombros.

Envolveu-se com a manta cinza, o que não me impediu de enxergar um sapato, mais parecido com um chinelo de seda branca bordado com flores muito pequenas, em seu pé esquerdo. Provavelmente não eram calçados para serem usados fora de casa.

Ela estava falando muito rápido, tagarelando e sussurrando com soluços. Mas pude imediatamente perceber que ela confiava nele.

Então ele disse:

– Com certeza você não pode ser forçada a...

– Senhor, você é respeitável, você não conhece essas pessoas. Não posso voltar, senhor, não posso! – dizia ela. – Por favor, não me faça voltar para lá!

Ela havia fugido. Eu tinha uma clara ideia de onde. Esta cidade fede a covis de jogos de azar e casa de mulheres de má conduta. Ela também cheirava a suor, pomada e também a bebida.

Jonathan Forrest a observava atentamente. Sua sombra grande movia-se juntamente com a minha e a dela pela parede. Usava seu casaco pomposo marrom com colete da mesma tonalidade escura. Ele não se esforçava para se vestir. Suas botas estavam rachadas e cheias de lama, diferentemente das de meu pai ou de qualquer outro cavalheiro que conhecia. Raramente se importava em usar uma peruca. Era, pois, filho de um construtor, e não de um cavalheiro.

– Onde é este lugar? – perguntou.

Ela ergueu a cabeça.

– Chama-se Gibson's, senhor. Fica perto dos banhos termais.

– E fazem você...

– Obrigavam-me a atrair os cavalheiros jovens e ricos pela conversa e... coisas assim, para que apostassem, bebessem e perdessem todo o dinheiro deles. Assim como perdi o meu. Se ficasse lá, não sei o que mais poderia acontecer comigo.

– Você fugiu esta noite?

– Sim, senhor.

– Para onde você vai?

Ela deu de ombros. Percebi que usava um vestido de cetim azul, sujo e curto. Pegou seu manto e enrolou-se.

– Meus familiares moram em uma vila no alto das Colinas, mas não me querem. Ainda mais agora. Eu seria uma desgraça para eles. Estava pensando em viajar para Londres.

– Londres! – Forrest ouviu assustado.

– Menina, Londres é o inferno dos vícios! Você não duraria uma semana.

– Então, Bristol, senhor. Qualquer lugar. Se eu tivesse algum dinheiro, poderia achar uma residência temporária e um trabalho honesto.

Esta conversa soava à mendicância. Estava certo de que ele lhe daria algumas moedas. Ele era sensível. Até mesmo os pedintes da rua podiam vê-lo se aproximando.

Forrest virou-se e olhou para a lareira com faixa branca, como se estivesse pensando tão profundamente a ponto de não a enxergar. Naquele instante, a garota lançou um olhar para mim. Uma olhadela com seus olhos azuis e, em seguida, voltou-se para meu mestre. Foi o suficiente para eu perceber que ela absolutamente não tinha gostado de mim.

– Zac, tranque a janela e certifique-se de que a casa está segura.

Ele se virou, estendeu sua mão para ela e a levantou.

– Você, senhorita Sylvia, vai para casa comigo.

Achei que o ouvira mal.

Ela também arregalou os olhos e disse:

– Senhor, não acho que...

– Você terá condições de tomar banho. Minha governanta irá alimentá-la e conseguir roupas mais adequadas para você. Há lá um quarto de empregados onde você poderá dormir. Amanhã decidiremos sobre seu futuro.

Não sei quando senti desgosto tão grande assim. Não consegui deixar de me manifestar.

– Senhor... sua reputação na cidade...

Ele me dirigiu um olhar tão duro que minhas palavras se secaram. Então, voltou-se para ela.

– Não tenho más intenções com você, Sylvia. Não tem nada a temer a meu respeito. Você me entende?

– Eu... eu tenho certeza disso senhor, mas... – ela balançou a cabeça – não seria certo.

Ela só queria dinheiro. Tinha certeza disso agora. Perguntei-me se a história dela era mesmo verdadeira.

– Vamos. – Ele a conduziu em direção à porta.

Então, ele se voltou rapidamente para onde eu estava.

– Eu me esqueci. A carta, onde está?

Tirei-a do bolso e lhe dei. Tão logo viu o selo, deu um grande suspiro de regozijo e saiu a passos largos, rapidamente, com a candeia, deixando-me com a garota no escuro. Enquanto o observávamos abrir o envelope, ela disse baixinho:

– E quem é você, mestre *Peacock*[1]?

Olhei fixamente para ela. A comiseração tinha sumido de sua voz e, por um momento peculiar, sua face refletia um divertimento zombeteiro. Lembrei que ela havia contemplado meu pânico diante dos pássaros.

Forrest bradou:

– Enfim!

– Senhor?

Dei alguns passos em sua direção, mas ele rapidamente amassou a carta e a colocou em seu bolso, apressando-se até a porta.

– Faça o que mandei, Zac. Feche o local.

Ficou enrubescido pela repentina alegria, aquele certo ar de loucura que às vezes tomava conta dele. Antes que eu pudesse continuar a falar, os dois já tinham partido.

---

1. Pavão – *Peacock,* no original, usado de modo zombeteiro por Sylvia, pois Zac se vestia de modo esnobe, apavonado. *Mauricinho* (N.T.).

No escuro, fechei a janela e o trinco, e olhei ao redor da casa. Mas meus pensamentos não estavam nisso. Estavam imersos na escuridão. Que felicidade a minha! Filho de um homem rico, subjugado pela dívida, a ponto de me tornar aprendiz de um lunático que vivia a sonhar em construir uma cidade perfeita e, ainda assim, incapaz de reconhecer uma meretriz ao vê-la.

Enquanto andava para casa pelos becos sujos, meditava como a cidade reagiria ao fato de Forrest tê-la acolhido. Ela acabaria ficando. Podia prever isso, semelhantemente a um cachorro que trouxera para casa e aos três gatos que espalhavam pelos por toda a casa.

Como poderia viver em um lugar assim?

Não sou virtuoso. Sou tão libertino como qualquer outro. Mas eu não levo qualquer uma para casa comigo.

No momento em que cheguei à Praça Queen, já estava completamente irritado. Contudo, a vista daquelas casas altas e elegantes, bem como sua harmonia e perfeição, sob aquele luar, acalmaram meus nervos. A Praça Queen ainda era o melhor trabalho de Forrest. Ele conseguia acertar em algumas coisas. Talvez devesse entender suas atitudes como excentricidades de um gênio. Afinal, todo mundo sabia que tais homens eram loucos.

Entrei, subi as escadas, mas quando passava pela sala de trabalho vi seu casaco arremessado no encosto da cadeira.

Parei. Pela sua voz e a voz da Sra. Hall, a criada, discutiam no andar de cima.

Olhando rapidamente ao redor, atravessei a sala apressadamente e enfiei os dedos no bolso do casaco dele. O papel grosso estalava enquanto eu o desdobrava.

Olhei para ele, maravilhado.

Não era uma carta, mas um desenho. Era uma imagem de duas faces, JANUS, uma face olhando para trás e outra para a frente. Um masculino e outro feminino, e ao derredor havia um grande círculo para que seu rabo pousasse em sua boca. Era uma serpente estreita.

Embaixo, alguém havia escrito uma única palavra em uma escrita pontiaguda.

OROBOROS

Eu não fazia a menor ideia do que aquilo significava.

Bladud

Sonhei com a família que havia deixado para trás. Perambulei em meio ao bosque de carvalhos e as colinas desnudas, com o vento voraz gritando em meus ouvidos, enquanto eu deitava sob as folhas.

– Você aí, em sua casa aquecida, como pode saber como uma alma perdida se sente?

Minha doença estourou em poças e charcos, como rios ardendo em febre. Eu era a terra, e ela, um mundo invernal. As doenças se manifestam de diversas formas. Pode ser uma obsessão, uma mania. Um homem pode transmiti-las até mesmo a seus melhores amigos.

Um dia, demônios saíram do bosque de carvalhos para me atormentar. Eles grunhiam e bufavam. Tinham enormes focinhos e seus corpos eram pálidos como fungos.

Dormiam ao meu redor porcos, javalis e feras lendárias. Tornei-me um deles seguindo suas trilhas, comendo as castanhas e os cogumelos que desenterravam.

Brigavam comigo, rugiam para mim e riam.

Comecei a ver a frequência com que vagueavam no fundo de um vale afastado. Quando retornavam, as cicatrizes de suas peles pustulentas tinham clareado e se tornado saudáveis.

A esperança é algo tão frágil! Um vislumbre em meio às trevas.

Estava fraco e exausto de tão desgastado. Talvez fosse o motivo pelo qual o pensamento sobre tal acontecimento tardara a chegar.

Formou-se vagarosamente em minha mente, como a luz no Oriente antes do alvorecer.

Meu pensamento me dizia:

– Se você for aonde os demônios vão, será curado também?

Eu os segui. Por dias escuros rastejei como uma besta descendo para dentro do vale pantanoso.

Vapores subiam ao meu redor. Insetos minúsculos lamuriavam e me picavam.

Coloquei minhas patas e meu focinho no chão e os aspergi com aquela água quente.

Rastejei para dentro do conforto do círculo.

SULIS

Ela havia tirado tudo da mala, menos uma pasta azul.

Estava no fundo de sua mala, num compartimento secreto com zíper. Por um momento, olhou fixamente para a pasta, enquanto, vestida em seu pijama, sentava de pernas cruzadas. A luz do sol entrava quase horizontalmente pela janela aberta. Gralhas oprimiam-se nas árvores do Círculo.

Então, ela abriu o zíper e tirou a pasta. Por que guardava aquilo? Com todas as mudanças, os quartos diferentes, inúmeras casas que a adotaram, a pasta havia vindo com ela. Se fosse para ela ter uma nova vida, tinha de se desfazer daquela pasta.

Ao contrário, ela a abriu, tirou os recortes dos jornais e os espalhou sobre o edredom.

Estavam sujos e com vincos nas partes da dobra devido à passagem do tempo. Ninguém sabia que ela os tinha. Doze recortes de jornais diferentes, todos expunham a mesma foto. A famosa e única foto que alguém dera um jeito de conseguir. Uma criança de 7 anos, pequena e chocada, fotografada saindo do carro. Seus cabelos crespos e ruivos, seus olhos largos deslumbrados pelo *flash* da câmera, sua mão presa firmemente à de uma policial. Usava uma blusa listrada com capuz e uma calça infantil com flores cor-de-rosa. Era tão pequena e magricela! Acima da foto, a manchete destacava:

A MISTERIOSA MORTE DE UMA CRIANÇA
O QUE SERÁ QUE ELA VIU?
TERROR NO *PLAYGROUND*

Sulis levantou uma das páginas e trouxe a foto para perto de seus olhos, para que a imagem se tornasse uma mancha de tinta. Então, da mesma forma vagarosa, ela a afastou até ficar em foco novamente. Dos dois jeitos ela permanecia a mesma. A garota da foto não era mais ela.

O carro provavelmente era o de um policial não identificado. Houve muitos carros, mas ela não se lembrava daquele. Porém, lembrava-se da câmera que tinha sido empurrada contra o seu rosto e do *flash* que a aterrorizou. A policial, que deveria ser Jean, havia ficado furiosa e tentado agarrar o homem que fugiu em uma moto.

Deve ter feito uma fortuna com a foto.

Levantou sua cabeça e olhou no espelho ondulado que Hannah tinha trazido para ser colocado em sua parede. Viu uma menina diferente da foto. Uma mais magra, com o rosto mais fino. Um olhar azul e firme através do qual nada passava despercebido. Seus cabelos, agora, eram tingidos de loiro e pendiam lisos até os ombros. Parecia-se com milhares de outras meninas da sua idade. Altura mediana e peso mediano. Suas roupas eram sem personalidade. Ela as havia escolhido cuidadosamente, evitando brilhos, cores radiantes ou muito sensuais. Sem imagens ou propagandas. Assemelhava-se a uma estudante qualquer. Este era o disfarce. Esta era Sulis.

Um pouco depois, ela dobrou os papéis e os empurrou de volta para o compartimento com zíper. Enfiou a mala no fundo do guarda-roupa, fechou a porta, trancou-a e colocou a chave pequena em seu bolso. Hannah e Simon eram bem incisivos quanto à sua privacidade. Isso fazia diferença.

Ela disse, refletindo:

– Rosto, casa e vida nova. Tudo que você precisa agora é de um pouco de dinheiro.

No andar de baixo, no café da manhã, em uma cozinha pequena repleta com ervas, ela lambia o iogurte da colher e dizia baixinho:

– Eu gostaria de arrumar um emprego, se vocês não acharem ruim. Fazer a minha parte para manter a casa.

Seus novos pais se entreolharam. Hannah derramou leite desnatado sobre seu cereal caseiro. Cuidadosamente, disse:

– Sulis, isso é muito gentil, mas devemos pensar na sua segurança. Esta é uma cidade cheia de turistas. Eles vêm de todos os lugares, inclusive do norte. Alguém pode reconhecê-la...

– Eles não me reconhecerão. Dez anos são bastante tempo. Nem eu me reconheço mais.

– Pode parecer um tempo longo na sua idade. – Simon abaixou o jornal. – Mas para alguns de nós é como se fosse ontem. Além do mais, se for por causa de dinheiro, não há necessidade. Nós dois trabalhamos.

Olhou para Hannah inquietamente.

– E o serviço social nos paga para podermos mantê-la.

Sulis balançou a cabeça.

– Eu não ligo.

– Não liga para quê?

– Para que eles paguem para vocês cuidarem de mim. Não esperava que vocês o fizessem de graça.

Ela tinha sido áspera? Eles se surpreendiam facilmente. Eram diferentes dos casais com quem ela havia morado anteriormente. Tão abertos, tão idealistas. Percebia Simon, naquele momento, embaraçado como se estivesse ouvindo uma suave música clássica no rádio, mas, na verdade, aquelas palavras o tinham ferido. Deveria ser cuidadosa. Ele já estava um pouco cauteloso com relação a ela.

Então, ela disse:

– Não é apenas pelo dinheiro. Em outubro começo a universidade. Tenho de me acostumar a sair, estar rodeada de pessoas; preciso começar a construir minha própria vida. Essa é a razão de eu ter vindo para cá. Quando eu completar 18 anos, estarei sozinha e terei de estar preparada.

Hannah veio e sentou-se à mesa.

– Você tem certeza de que consegue encarar?

– Não tenho medo.

– Que tipo de trabalho?

Sulis colocou a colher no prato.

– Garçonete ou alguma coisa numa loja. Somente até o semestre começar... Algo tranquilo. Deve haver muitos trabalhos de férias por aqui. Como você mesma disse, há muitos turistas.

Hannah olhou para Simon. Por um momento, só o som do piano encheu a sala e o zunido de um carro que passava lá fora.

– Nós precisamos checar com... as autoridades – disse Simon.

Sulis encolheu os ombros.

– Bem, olhe! – Hannah dobrou seus dedos. – Se eles concordarem, tenho uma amiga que trabalha nos Banhos. Ela frequenta minha aula de ioga. Ontem ela me dizia que uma das garotas que a ajudava no verão a havia deixado em apuros. Eu poderia descobrir...

– Banhos? – Sulis olhou. – Como um tipo de salva-vidas?

Houve um segundo embaraçoso. Então Simon disse:

– Não.

Hannah riu um pouco nervosa.

– Não. Quero dizer os banhos romanos, Sulis. O museu. As termas quentes.

– Ah, sim.

– As águas de Sulis. – Simon dobrou seu jornal, foi até a porta e parou na metade do caminho. Atrás dele, na enorme sala branca, podia ver uma lousa de desenho na janela coberta por uma cortina.

– Vai depender da Alison.

– Tudo bem. – Sulis levantou seus olhos e o observou por um instante. Então sorriu.

– Não gostaríamos que eles se sentissem deixados de lado, gostaríamos?

Na verdade, mais tarde, pensou, ao ouvir Hannah fazer algumas ligações, que não importava o que Alison ou qualquer outro pensasse. Eles haviam governado sua vida por anos, mas estava livre deles agora. Agora, estava em sua cidade ideal.

As janelas da sala davam para o Círculo.

Este momento da manhã era bem tranquilo. Poucos pedestres andavam ali. Havia um homem sentado em um banco solitário e uma *van* com a frase "Construtores Peter Bull" escrita nela. Esta se movia lentamente ao redor. As folhas da árvore central ainda estavam verdes, com um ou dois sombreados nas cores ruivas aparecendo.

No sol matinal, a perfeita curvatura das fachadas das casas era sua satisfação. Não se cansava de olhá-las. Era um círculo de ouro e estava segura dentro dele. Então notou entalhes, uma fileira de emblemas sobre as portas em todo o Círculo. Inclinou-se para mais perto, tentando vê-los mais claramente. Por que ela não havia notado anteriormente?

Do corredor, a voz de Hannah se misturava com a ópera do rádio.

– Ah, sim. Tudo bem. Isso parece ser a melhor coisa. Ruth, é muito gentil da sua parte... O apartamento é maravilhoso, obrigada.

Sulis sorriu para si mesma. Por que ela havia escolhido Simon e Hannah? Ela poderia ter ido para fora do país. Havia pessoas na França que se ofereceram para cuidar dela. A França teria sido realmente uma vida nova. Mas ela sabia o porquê. Era por causa da cidade.

Simon entrou e pegou alguns livros das prateleiras. Uma parede inteira do quarto era formada por eles. Livros grandes e caros sobre arquitetura e arte.

Ela disse:

– Quem projetou esta rua?

Ele subiu e olhou fixamente para fora, refletindo nos painéis de vidro.

– O Círculo? Um homem chamado Jonathan Forrest. Um homem louco, mas brilhante. Obcecado por druidas e magia. Foi um dos primeiros a pesquisar Stonehenge. Quero dizer, a fundo, não apenas um desenho confuso. Dizem que ele baseou seu projeto do Círculo em vários círculos de pedras. Há trinta casas no Círculo e trinta pedras no círculo exterior de Stonehenge. As dimensões são exatamente as mesmas do grande círculo de Stanton Drew, que não fica muito longe daqui. Ele foi lá e mediu o lugar em meio a uma tempestade de pedras. Alguns dizem que esta rua inteira é uma construção mágica.

Será que era por isso que ela se sentia em casa aqui?

Ela disse:

– Deve ser um lugar maravilhoso para um arquiteto morar. Toda vez em que você olha para fora, lá está.

– Tchau – Hannah disse rindo ao telefone. – Vejo você na sexta.

Simon balançou a cabeça.

– Espaços são importantes, principalmente suas formas e onde se encontram na Terra. Acho que há algo neste lugar que nunca vamos realmente compreender. Você fica pensando sobre o que pode ser, mas se distancia como curvas e, de repente, se aproxima atrás de você, surpreendendo-lhe, como um segredo.

No vidro, encontrou o olhar dela, que estava nele, e assim parou de falar.

– Desculpe-me, eu não quis...

– Está tudo bem – disse suavemente.

Hannah entrou. Seu rosto lindo iluminou-se.

– Bem, Sulis, se você realmente quer um emprego, aí está a oportunidade. Uma garota partiu para Lanzarote sem contar a ninguém e Ruth está desesperada. Ela perguntou se você pode descer até lá, à tarde, para conversar com ela. Posso ir com você...

– Não, obrigada – ela disse –, posso ir sozinha.

Hannah olhou para Simon:

– Estamos fazendo a coisa certa?

– Acho que sim, meu anjo.

Sulis observou-o beijar a face de Hannah e sair. A afeição entre eles a fascinava.

Ela perguntou:

– Quanto eles vão me pagar?

Hannah parecia confusa. Ela tirou os cabelos dos olhos.

– Ah, sabe! Esqueci-me de perguntar. Você quer que eu ligue de volta?

– Não – Sulis balançou a cabeça e dirigiu a ela um sorriso pesaroso. – Vou descobrir.

Por um momento, sentiu-se mais velha que Hannah, como se esta fosse uma irmã confusa e incompetente.

Talvez ela fosse mais velha, porque Hannah nunca temera por sua vida como ela temeu. Hannah nunca havia ficado acordada durante a noite se perguntando se ele estava lá fora. Se ele ainda estava procurando por ela.

Estava chovendo quando desceu os degraus, adentrando o Círculo, e isso era ótimo, porque poderia erguer o guarda-chuva e deixá-lo sobre seu rosto. A calçada larga brilhava em meio ao aguaceiro. Os parapeitos negros estavam manchados com grandes gotas. Andou ao redor da colina, descendo-a e observando o esplendor glorioso da cidade abaixo dela.

Sempre amara construções. Outras crianças brincavam com bonecas e armas, mas, já no maternal, só brincava com bloquinhos. Um conjunto de blocos de madeira amarelos, verdes e azuis. Essa deve ter sido a maneira como conhecera Caitlin, que também gostava de brincar com eles.

Andou apressadamente pelos carros estacionados, esquivando-se do tráfego. A cidade estava ativa, com as lojas cheias de pessoas. Passou pelos bancos e por algumas butiques, ouvindo sotaques norte-americanos. Sobre os telhados o céu estava azul e, mesmo assim, uma nuvem fervilhava por sobre aquele lugar. Uma chuva tempestuosa encharcava seu guarda-chuva.

Ela e Caitlin haviam passado horas brincando com os tijolos. Principalmente torres que caíam quando alguma criança batia na mesa ou casas com muros amarelos, portas azuis e telhados vermelhos. Ela nunca fora capaz de colocar uma chaminé neles. Sorriu levemente, lembrando quão perturbador aquilo tinha sido. Caitlin a ajudava e conversavam como crianças pequenas fazem. Demorou apenas alguns dias para que se tornassem as melhores amigas.

Na base da colina, a estrada mudava. A simetria proporcional e linda das lojas desaparecia. As ruas ficavam menores e menos regulares. Ela virou à direita e se viu em meio a uma rede de becos e degraus que levavam mais abaixo, como se esta parte da cidade houvesse sido esquecida por alguém mais velho e confuso, anteriormente a John Forrest e a pessoas que como ele se preocupavam com a ordem e a harmonia.

Debaixo do guarda-chuva gotejante, ela sentiu como se de repente fosse levada ao seu passado despedaçado, ao tempo em que era pequena e o mundo era um local exageradamente grande, com degraus gigantes, cadeiras enormes, conversas adultas tão sem sentido quanto o farfalhar de folhas por sobre sua cabeça. Melhor não pensar nisso, nem em Caitlin.

Muito tarde. A ansiedade antiga tinha voltado. Virou-se, movendo-se para olhar atrás de si: lojistas, crianças correndo, um homem.

Ele estava bem atrás dela, no topo do beco estreito, olhando através da janela o interior de uma loja, um homem com uma capa de chuva escura que pareceu se afastar dela. Ela, porém, o observava firmemente, receando que pudesse ser o homem que lia jornal no banco naquela mesma manhã no Círculo.

Não.

Sim.

Ela não sabia.

Virou-se, respirou profundamente e disse a si mesma para deixar de imaginar coisas. Ninguém sabia onde ela se encontrava. Estava segura.

Forçou a si mesma a andar devagar e firmemente. A chuva havia feito o calçamento ficar brilhante. As cores das janelas escorriam e se esparramavam debaixo de seus pés, como a tela molhada de um quadro. Alguns degraus abaixo, a porta de uma loja abriu-se, revelando um interior escuro, com móbiles pendurados, sinos de vento e estojos de joias de prata. Abaixou-se e entrou. Fechou o guarda-chuva e virou as costas para a porta, observando seu contorno obscuro em um espelho na parede.

Depois de um minuto, o homem passou.

Agora usava um boné enterrado na cabeça, por causa da chuva, e um casaco longo. Trazia um jornal enrolado debaixo do braço. Ela viu de relance um rosto pontudo e cabelos escuros. Ele não olhou para o lado. Ela vagueou pela loja, olhando fixamente a fileira de anéis de prata, porém sem notá-los.

Muitas pessoas carregam jornais. Isso não significava nada.

Ela continuou zanzando por dez minutos.

– Obrigada – disse para uma moça desapontada atrás do balcão, e saiu despercebidamente da loja.

A chuva havia parado. Raios de sol molhados batiam sobre as casas.

Correu rapidamente até o cemitério da Abadia. Como ela esperava, estava cheio de turistas que tiravam fotos e riam da comédia que se repetia diariamente, assistindo aos artistas de rua que pediam dinheiro. Sulis, sem ser notada, passou por uma fila de estudantes japoneses que estavam do lado de fora do museu. Forçou seu caminho por entre eles e, de repente, tropeçou em um espaço vazio à sua frente.

Bateu em um porco. Era enorme e de plástico. Flores cor-de-rosa foram pintadas nele, assim como grama em suas patas e pernas. Em seu focinho, cintilava uma enorme argola.

– Ingressos, por favor.

O jovem tinha por volta de sua idade e usava uma camiseta e uma insígnia que dizia "Segurança".

Sulis disse:

– Eu não tenho ingresso. Estou procurando a senhora Ruth Matthews, a respeito de um emprego.

– Oh. – Olhou impacientemente as crianças da escola atrás dela. – Bom, é melhor você perguntar no balcão. Eles a chamarão.

Naquele momento, as portas se abriram e os estudantes moveram-se em torrentes como uma maré forte. Ela foi empurrada contra um garoto e ambos bateram no porco. Este cambaleou e ela agarrou nele, o garoto fez o mesmo. Ela disse:

– Como isso está aqui?

– É parte da instalação – disse o jovem, brevemente. – Alguns artistas o fizeram. Porcos de todas as cores, por toda a cidade.

Ele fez uma careta e ela soltou uma risadinha. Então sua face congelou.

Por trás dos garotos, por apenas um segundo, viu na calçada, do lado de fora da cafeteria, um homem tomando um gole de café, olhando fixamente para ela por entre os meninos falantes.

– Tudo bem? – o garoto perguntou.

Ela balançou a cabeça, entorpecida.

Zac

Estava devaneando na sala de trabalho, quando percebi que eles tinham chegado. Olhando rapidamente para baixo, vi que tinha desenhado uma serpente comendo o próprio rabo em vez da planta que deveria estar terminando. Rapidamente coloquei um papel sobre o desenho. Então, fui até a porta e abri apenas uma fresta.

Havia três visitantes. Ralph Alleyn, que conheci certa vez, proprietário das pedreiras nas colinas acima da cidade. Ele e Forrest eram amigos. Forrest tinha até mesmo projetado uma casa para ele. Eu a havia visto, uma grandiosidade, uma extravagância florida, grande demais para seu espaço. Alleyn, um homem alto e próspero, vestia um terno de seda azul elegante. Entrou conversando e rindo. Seu rosto aquilino e sua peruca empoada contrastavam com a aparência sombria do meu mestre. Forrest apertou suas mãos com um calor incomum.

– Bom vê-lo, Ralph.

– Você também, velho mago. Está pronto para encontrá-los?

– Estou. Mas receio que minha planta inovadora possa assustá-los.

Alleyn riu e não disse mais nada.

Os outros dois eu não conhecia, mas achei que fossem conselheiros e, portanto, inimigos de Forrest. Teria ele se rebaixado tanto, a ponto de pedir-lhes dinheiro? Mostrou-lhes a sala, formalmente, depois se virou rapidamente e me viu olhando pela fresta da porta. Dei um pulo para trás. Ele estalou os dedos, dizendo:

– Zac! Venha cá e tome nota disto.

Peguei caneta e papel e me apressei a segui-lo. A sala de estudos de Forrest era estreita, com livros alinhados. Havia uma enorme mesa para desenhar plantas no meio da sala, onde ele projetava e escrevia seus livros lunáticos. Algumas cadeiras, um tapete desgastado e manchado de tinta. Geralmente trabalhava em pé ou andando impacientemente para cima e para baixo no capacho surrado.

A melhor coisa da sala era o teto. Gostava dele pelo fato de possuir uma grande claraboia. Hoje, um raio quente de luz de outono havia entrado na sala. Peguei um banquinho e o pus sob ele, no canto da sala, e me sentei. Os visitantes me olhavam inexpressivamente. Então me levantei e, inclinando-me, cumprimentei-os. Forrest disse:

– Mestre Zachariah Stoke, meu assistente.

– Ele vai ficar?

– Ele tomará notas se não tiverem objeção.

O homem pequeno, gordo e suado encolheu os ombros:

– Se você insiste.

– Ralph – Forrest disse –, posso apresentá-lo o honorável Thomas Graye.

Alleyn inclinou-se diante do homem gordo.

– Mestre Greye é um velho conhecido.

Forrest balançou a cabeça. Virou-se. O outro homem era mais jovem e, não mais velho que eu, tremendamente bonito e pomposamente vestido. Rangi meus dentes ao ver o corte de seu terno e o macio couro espanhol de suas botas.

– Este é lorde Compton.

Ralph olhou surpreso.

– É mesmo?

Mas eu tinha pensado que lorde Compton... perdoe-me... fosse um homem de idade avançada.

– Meu tio morreu em Roma no ano passado.

O rapaz escolheu a melhor cadeira e se sentou com as pernas estendidas. Preguiçosamente deu uma pancadinha de leve com sua bengala na pilha de livros com capas marrons, fazendo alguns deles escorregarem.

– Herdei sua fortuna inteira. Pretendo duplicá-la assim que possível.

A voz de Forrest era monótona e sardônica.

– Bem, esta cidade é o lugar certo para fazer dinheiro, se dinheiro é o que você quer.

Sua desaprovação era clara para mim. Mas lorde Compton simplesmente colocou sua bengala sobre a mesa e inclinou-se para trás, sorrindo. Eu já queria bater nele.

– O lugar está muito cheio. Com esta multidão de visitantes está se tornando uma cova para ursos.

Thomas Greye tirou o pó de uma cadeira e se sentou.

– Janotas, meretrizes, trapaceiros nas cartas, batedores de carteira, jogadores e prostitutas são o que esta cidade atrai. Somos um pote de mel para a murmurante ralé da Inglaterra.

Ralph Alleyn riu:

– Talvez. Mas eles vêm pilhar os ricos que, como rebanho, banham-se em nossas termas saudáveis. E homens ricos precisam de casas finas, cavalheiros. Daremos tudo isso a eles. Ruas imponentes, praças dignas de reis. Os projetos de John são nossa fortuna.

Escrevi aquilo com desprezo. Na parede, o porta-retratos da esposa de Forrest, morta há dez anos, me observava suspeitosamente.

Greye, o homem gordo, era quem falava. Tinha um anel em cada dedo gordo. Eram todos de ouro, e um deles valia metade das dívidas do meu pai. Disse:

– Casas, sim. A Praça da Rainha é um grande sucesso. Concordo com você. Que plano tem para o campo mais alto? Ouvi rumores...

– Deixe-me mostrar-lhes – Forrest falou rapidamente.

Percebi tensão em sua voz e senti que não conseguiria esperar mais. A noite passada não dormira, ofegante, por causa da asma. Sua voz ainda demonstrava dificuldade para respirar.

Ralph veio de maneira impaciente até a mesa que estava coberta com pano branco, embaixo do qual alguma coisa alta e protuberante aguardava para ser revelada. Enquanto Forrest se aproximava, a fala pachorrenta de lorde Compton cruzou a sala:

– Seu projeto visa atrair homens nobres, senhor.

A cabeça dele se virou. Seus olhos eram azuis e firmes.

– Há um rumor generalizado na cidade de que você hospeda em sua casa uma garota imoral. Estou chocado, senhor.

Minha caneta parou sobre a página.

Olhei para cima.

Forrest estava de costas para eles e me encarava. Tinha olhos escuros e agora pareciam negros, com uma chama de raiva. Seus dedos enrijeceram-se sobre o pano branco. Ele me viu encarando-o. Então olhei para baixo, mas pensei: *Como uma serpente, ele desgastava sua própria pele...*

– Assuntos da minha casa são da minha conta.

– Decerto – disse Alleyn prontamente.

– Tenho certeza de que lorde Compton não quis insinuar nada...

– Oh, não.

Compton se levantou, sorrindo friamente nas costas de Forrest.

– Não quis insinuar nada.

Pelo espelho, levantou uma sobrancelha para mim. Encarei-o de volta. Estranhamente, não queria mais socá-lo. A fofoca sobre Sylvia circulava por toda a cidade. Forrest não mantinha segredo da permanência dela em sua casa. Já tinha andado publicamente com ela e lhe comprado roupas, botas e uma sombrinha. Ele a tinha adotado? Era uma servente? Ninguém sabia. Nem eu sabia ao certo o que ele realmente imaginava.

– O projeto, senhor – Alleyn se aproximou por trás de Forrest. – Estamos ansiosos para vê-lo. Não estamos, senhor Greye?

O homem gordo esfregou seu rosto.

– Não faço conta de quantas mulheres levianas um homem possa ter em sua casa. Negócio é negócio. Mostre-nos o projeto, senhor.

Alleyn olhou para Forrest. Por um momento, perguntei-me sobre a amizade deles. Eram tão diferentes; Alleyn era urbano e ansioso para ser agradável, meu mestre inconstante como o mercúrio, convencido da sua própria genialidade. No entanto, freou seu temperamento e quase senti pena dele. Virou-se para a mesa, pôs o pano de lado, como se o prazer daquele momento de repente houvesse desaparecido.

– Cavalheiros – disse, mal-humorado. – Meu novo projeto. Chamo-o de Círculo do Rei.

Não era uma planta, mas uma maquete, feita soberbamente de madeira nobre. Afinal, descobri por que a lamparina queimava horas e horas durante a noite em seu quarto escuro.

Os três homens olharam-no fixamente. E finalmente Greye disse:

– Bendita seja minha alma pecadora.

Levantei-me. Aproximei-me suavemente. Minhas anotações escorregaram ao chão.

A maquete era de uma rua que não era reta. *Era um círculo de casas*. A fachada contínua era um projeto extraordinariamente lindo de colunas simétricas, como se não fossem casas individuais para pessoas simples, mas um enorme templo da Antiguidade, ou até mesmo uma arena de um imperador romano. As colunas se erguiam em três estilos do grego clássico, uma sobre a outra: dórica, iônica e coríntia. Sou um estudante preguiçoso, confesso, mas já aprendi isso. A ousadia do projeto me surpreendia. Um círculo de casas! Tão simples. Por que ninguém havia pensado nisso antes? No final das contas, esse projeto demonstrava a genialidade de Forrest?

– Estritamente de pedras regionais – Forrest falou roucamente em meio ao silêncio que chocava a sala.

– Trinta casas, cada uma delas construída de acordo com as exigências do dono. Uma diferente da outra, mas com uma única fachada unindo todas elas, como fizemos na Praça da Rainha. Mas, desta vez, será um anfiteatro perfeito.

Três ruas, como raios, partiam do meio dela. O coração do Círculo era um disco de pavimento descoberto. Aproximei-me, fascinado, mas ninguém me notou. Todos estavam admirados e, estupefatos, olhavam fixamente a maquete. O silêncio continuou por longo tempo.

Alleyn quebrou o silêncio. Disse:

– Simplesmente... única!

Perambulava ao redor da maquete. Suas mãos pálidas tocavam chaminés e telhados. Percebi que ele estava procurando as palavras apropriadas:

– John! É sublime. Será seu maior triunfo.

Observando o choque de Greye, Compton sorriu maliciosamente.

Acho que não é bem assim, pensei.

– Uma rua circular – disse Greye.

Forrest acenou com a cabeça. Estava inquieto, incapaz de ficar parado.

– O Círculo. A forma do universo. Perfeito, sem falha. Observado de qualquer ponto da circunferência, sempre idêntico. A própria imagem do Sol. Dentro dele, um triângulo equilátero, símbolo da Trindade. Viver aqui...

– Viver aí seria insuportável, senhor! – explodiu Greye. – Não há perspectiva, senhor. Nenhuma vista! Olhe pela janela e por toda a volta. A mesma fachada interminável. O próprio ar estaria preso e viciado. A poeira, senhor, seria incapaz de escapar. Os ecos barulhentos dos cavalos e das carruagens reverberariam em um grande alvoroço.

Seu rosto pequeno contorceu-se com escárnio. Balançou a mão em agitação.

– Como você pode pedir a cavalheiros e damas elegantes para passearem em uma curva tão... vertiginosa? Não há outro lugar para ir, senão rodar e rodar, como ratos em uma gaiola.

Forrest enrubesceu. Sentei rapidamente e fingi escrever, mesmo sabendo que ele não leria nada deste lixo. Provavelmente, atiraria tudo em minha cabeça.

– Com certeza essa afirmação é muito dura – disse Alleyn.

– Afinal de contas, estará acima da cidade. Ares doces e brisas saudáveis, Greye. Não haverá miasmas nocivos lá em cima.

As palavras dele soaram em um buraco silencioso; Greye limpou a garganta.

Esperavam, logicamente, por uma manifestação de lorde Compton, a mala de dinheiro. Seu olhar na maquete era de uma admirável fascinação. Levantou sua bengala e por um momento pensei que causaria algum dano à estrutura. Forrest endureceu-se. Mas toda a sua nobreza era superior e elegante.

– Suponho que seja um tipo de templo dos druidas?

Vi Ralph Alleyn estremecer. Ambos sabíamos reconhecer uma armadilha ao nos deparar com uma. Mas meu mestre caminhou diretamente para ela.

– Sim, acredito que os templos deles eram circulares.

– E você baseou o projeto em quê?

– Minha pesquisa de Stonehenge, senhor. O maior templo druida da Terra.

– *Stonehenge*? – A palavra soou como uma zombaria mórbida.

Alleyn tentou intervir, mas já era tarde demais. John Forrest estava perdido em seu entusiasmo.

– De verdade! Creio que certa vez os druidas tiveram uma grande cidade, em Aquae Sulis, antes mesmo de os romanos terem vindo para estas ilhas. No Círculo de Stanton Drew, possuíam uma universidade onde se dedicavam a estudar as estrelas e os feitos do Universo. Perto de

Wells, em Wookey Hole, rituais eram praticados. Aqui, nas termas sagradas, homens sábios operavam maravilhas sobre a cura. Descobriram os segredos do corpo, suas proporções e harmonias, os espaços da vida. Era um grande edifício de aprendizado, senhor. Seu rei chamava-se Bladud, um sacerdote de além do vento norte.

Escrevi tudo apressadamente, mais rápido do que minha mão conseguia rabiscar. As obsessões de Forrest fluíam dele como se uma comporta houvesse sido aberta. Sua voz tinha mudado. Era rápida, radiante e totalmente meditativa. Andava em estado de agitação.

– Imaginem, cavalheiros! Podemos recriar tais lugares de aprendizado e mágica. Podemos descobrir o que há embaixo desses becos imundos e dessas casas de apostas obscenas. Talvez haja palácios dourados e um templo à deusa. Pensem na construção de uma cidade com ruas grandiosas com o formato do sol e da lua. As melhorias na saúde dos mais pobres e no saneamento! Os jogos que...

Compton respondeu mostrando suas garras, com a malícia de um gato lânguido.

– *Jogos*?

Parei de escrever.

– Sim, certamente. Meu círculo, como o Coliseu de Roma, poderia abrigar jogos. A beleza do corpo humano engajada em...

– Corridas de bigas, talvez?

Forrest franziu as sobrancelhas.

– Bem, eu acho improvável...

– Gladiadores!

A voz do Compton era cheia de escárnio.

– Eu...

– Cristãos jogados aos leões? Lutadores nus na lama para todas as damas os observarem?

Forrest ficou em silêncio. Olhou para nós, ligeiramente entorpecido, como se somente naquele momento se desse conta do buraco no qual tinha entrado. A luz do sol que vinha da janela pairava sobre ele e fez com que a maquete da rua circular se tornasse um poço de sombras. Que lunático ele era! Senti um calor e fiquei envergonhado por estar na mesma sala que ele. Segurei a caneta tão forte que minha mão doeu.

– Acho que o que John quer dizer é... – Alleyn disse nervosamente.

– O que ele quer dizer só Deus sabe. – Compton olhou a maquete arrogantemente. – Afinal, uma construção circular é uma loucura. Qualquer um pode ver isso. Não vou investir meu dinheiro nela e sugiro a você, Mestre Alleyn, vender suas pedras para alguém que venha a construir terraços decentes. – Virou-se para ir embora.

Naquele momento, a porta se abriu.

Forrest sempre tomava uma xícara de chocolate naquela mesma hora, todas as manhãs. Se Cook se esqueceu de que havia visitantes, não sei dizer. Quando Forrest se virou para berrar com a criada por tê-lo interrompido, viu que não era uma empregada, mas Sylvia. Ela ficou parada na porta, segurando a bandeja com o bule de prata em que estava o chocolate, congelada de medo, aterrorizada. Todos os homens olharam-na.

Usava um vestido de seda nacarada que Forrest havia insistido em comprar-lhe. Era absurdamente caro e, mesmo assim, caía-lhe perfeitamente. Sylvia estava arrumada, seus cabelos ruivos, bem-arranjados, e seu rosto, enrubescido. Por um momento, achei que ela deixaria a bandeja cair.

Pulei tão logo Forrest estalou os dedos.

– Zac.

Peguei a bandeja dela. Ela inclinou-se em uma reverência rápida e teria fugido se lorde Compton não houvesse dito:

– Então esta é a jovem... mulher.

Ele me empurrou de lado com sua bengala e olhou para ela.

– Muito linda.

Seu olhar era atrevido e calculista. Sylvia olhou para seus olhos com pavor, e foi quando o pensamento veio a mim como um clarão de luz proveniente do nada. Ela o conhece.

Ela desviou o olhar para longe de nós dois, intencionalmente, em direção a Forrest.

– Desculpe-me pela interrupção, senhor – disse ela. – Eu não sabia...

– Está tudo bem. Obrigado, Sylvia.

Seu vestido fez um barulho, próprio da seda, quando se virou.

Esforçou-se para ficar quieta. Ralph Alleyn segurou a porta para ela. Poderia não ser uma dama, mas ele, certamente, era um cavalheiro. Tirei alguns papéis da bancada de trabalho e lancei a bandeja, mas quando olhei de volta, algo havia mudado na sala, como se a garota tivesse deixado para trás, no ar, algo mais do que seu perfume leve de rosas.

Então, Greye disse:

– Tenho de pensar sobre isso. – Olhou para Compton. – Você vem, senhor?

Seu senhorio estava olhando para a porta fechada e eu não gostei da expressão em seu rosto. Ele bateu em suas botas com sua bengala e levantou seu olhar opressivo para Forrest.

– Também vou pensar a respeito. Talvez... haja algo aqui que me interesse. Bom dia, cavalheiros.

– Mostre-lhes a saída – Forrest estalou os dedos para mim.

Mas eles já estavam na metade do corredor, então, eu me apressei em ultrapassá-los. Cheguei à porta da frente e a abri para eles.

O sacolejar das carruagens jogou uma onda de poeira em meu rosto. Greye dava passos com dificuldade, mas seu senhorio parou onde eu estava e disse baixinho:

– Forrest deve ser um homem difícil com quem trabalhar.

Meu desejo de bater nele havia voltado.

Sorriu fria e maldosamente. Tirou algo de seu bolso e me entregou.

– Encontre-me hoje à noite, às dez horas. Tenho uma oferta a lhe fazer. Acho que vai interessar a um homem ambicioso.

Peguei o cartão. Foi meu maior erro. Virei-me.

– Que oferta?

Ele apenas sorriu. Ficamos cara a cara. Éramos da mesma idade, tínhamos a mesma altura e, se meu pai não tivesse perdido tudo no jogo, seríamos ambos jovens ricos. Mas ele era mais rico que Satanás; e eu, aprendiz de um homem louco. Ele vagueou pela rua.

Fechei a porta e fiquei no *hall* escuro; li o cartão. Dizia:

SALÃO DE FESTAS GIBSON
Atividades e iguarias para cavalheiros de bom gosto.
Rua das Termas Quentes, Aquae Sulis.

Bati o cartão em meu rosto, pensativo. O mesmo lugar do qual Sylvia havia fugido. Provavelmente, um covil de apostas. Lugar improvável para que Compton me oferecesse um emprego. Ainda assim, qualquer coisa seria melhor que este hospício.

Na sala de trabalho, pude ouvir Forrest enraivecido com seu destino.

– Tolos, arrogantes e ignorantes... Certamente podemos dar continuidade ao projeto sem o dinheiro fedorento deles.

Estilhaços da sua ira chamuscavam para fora da sala, mas ele havia sido o responsável por tudo aquilo, com sua tolice sobre druidas e sua bondade ingênua. Encostei-me contra a porta e ouvi. O tom suavizante de Ralph Alleyn escorria por entre as frestas da porta.

– Eles vão reconsiderar. Fique calmo, John. Tudo dará certo.

Ouvi Forrest dar uma risada ofegante. Ficou em silêncio por um tempo. Então disse:

– Não sei o que farei sem você, meu velho amigo.

– Vamos conseguir. Construímos nosso hospital e logo faremos desta cidade um lugar onde até mesmo os pobres terão casas elegantes. Não é um sonho, John, você está fazendo isso acontecer.

Era profundo e sincero. Virei, incomodado. Então olhei para cima. No topo das escadas, a garota estava sentada no degrau mais alto me observando.

– Não escute às escondidas, mestre *Peacock* – ela falou. – Você pode escutar a verdade a seu respeito.

Encolhi os ombros:

– Você também.

Ela deu uma risada insolente.

– Eu sei de tudo, mas não vou contar para você.

Enquanto ela se levantava, eu disse:

– Você conhece o rapaz rico também. O que realmente você faz aqui, Sylvia?

Ela ficou paralisada por um minuto. Então, entrou na sala de desenho e fechou a porta.

Ela podia ter enganado Forrest, mas não a mim. Ela não era nem um pouco inocente.

Isso, talvez, esteja começando a ficar interessante.

Bladud

Não posso dizer por quanto tempo vivi próximo às águas.

Seu calor era uma maravilha, como se o sol, em segredo, houvesse se afundado na terra. Mesmo sendo inverno, vivi em um buraco de vapor quente, onde plantas de verão floresciam na terra encharcada. A neve derretia tão logo caía.

Bebi da água, lavei-me nela e esfreguei-a em minha pele ferida.

A água tornou-se tudo o que havia perdido: o calor humano, a palavra reconfortante.

Sentia a água sussurrar em minhas mãos, deslizar em meus braços, como algo vivo. Como uma garota.

E, algumas vezes, em delírio, ou meio adormecido, pensei tê-la visto, como um espírito das termas, levantando-se sobre mim e me observando. Vestida com algas verdes e com cabelos de ervas, rosto fino e cheio de risos e segredos.

Vagarosamente, após semanas, tive a revelação.

Andei ereto.

Comi as plantas e as bestas que assombravam aquele lugar.

Em um dia de céu azul, tirei as algas e os liquens da fonte sagrada. Ajoelhei-me, prostrei-me e, por entre as bolhas, vi meu rosto.

Por um longo tempo, observei-me.

Lágrimas corriam aquecidas por sobre minha pele, depois caíam nas termas.

Não havia mais feridas, pústulas e machucados lodosos. Estava curado e senti minhas forças se juntarem aos meus ossos e nervos.

Ela estava em pé, atrás de mim. Sua sombra escurecia a água. Então eu disse:

– Qual o pagamento que devo dar a Sulis?

A resposta dela borbulhou das profundezas do mundo.

– Faça um círculo ao redor de minha selvageria. Confina-me em um círculo de pedras.

SULIS

Olhou-se no espelho. O uniforme era simples – calça preta, moletom preto. As palavras Banhos Romanos estavam escritas nele. A imagem famosa da cabeça de Górgona, que anteriormente havia sido descoberta naquele local, era o logotipo da loja.

A roupa era desprovida de traços distintos, e isso a alegrava. Gostaria de ter um boné ou algo para cobrir seus olhos, mas era bobagem.

Enquanto estava no lavabo, gelado, para funcionários, pensava se todos os empregos eram tão fáceis de serem conseguidos. Era assim que o mundo funcionava – você conhece alguém que conhece alguém. A entrevista levou menos de dez minutos. A mulher, Ruth, parecia estressada e apressada. Ela checou alguns fatos, o nome, a idade, o RG falso e disse:

– Bem, quanto mais cedo você começar, melhor. Que tal amanhã?

Sulis respondeu:

– Prefiro segunda-feira.

– Ótimo. Sete e meia, em ponto, por favor. Pedirei a alguém que leve você para dar uma volta e conhecer o lugar.

Precisava do final de semana para certificar-se sobre aquele homem. Quando deixara o prédio na sexta-feira, a mesa na calçada estava vazia. Ela havia se infiltrado na multidão de turistas para se sentir um pouco mais segura, andou por um bom tempo ziguezagueando, rodeando ruas, enfiando-se em becos e vielas até chegar à sua casa.

Depois, subiu ao seu quarto e saiu no telhado, em seu peitoril secreto, agachando-se e segurando firme na pedra gigante em forma de landes. Ficou observando o Círculo, por no mínimo meia hora, atenta a cada andarilho e veículo. Fez isso até Hannah estacionar seu carro, subir as escadas e chamá-la.

– Su? Você está aí dentro?

Hannah a encontrou dura e gelada. Um de seus braços já estava adormecido, e sua mente vagueava estranhamente.

Não há nenhum homem ocioso. Nada incomum. Nada no sábado. Nada no domingo.

Ela devia ter ficado muito quieta, pois Simon insistiu que todos saíssem no domingo à tarde, para o que ele chamava de passeio em família. Acabou sendo uma visita a uma casa de campo na qual ele estava interessado. Sulis, porém, curtiu o gramado verde imenso, o bosque com folhas que caíam e o chá cremoso que tomaram mais tarde na sala de chá aconchegante.

Agora, ao abrir a porta para o saguão do museu repleto de eco, disse a si mesma que o interesse daquele homem nela era algo imaginário. Tinha de se livrar daquele medo antigo; mas era difícil. Estava preso dentro dela, um pavor em seu peito; embora pudesse conversar, rir e aparentar normalidade. Toda vez que ficava sozinha ou a conversa esmorecia, ou um programa na TV dava lugar a um comercial, lá estava o medo, como uma sombra.

– Você é Sulis?

Era o garoto com a insígnia de segurança.

– Sou Josh. Disseram-me para levá-la a um *tour* rápido pelo museu.

Parecia encabulado com a situação.

– Bom – ela disse tão friamente quanto poderia. – Guie-me.

Ele não era um bom guia. Ia muito rápido e não explicava as coisas apropriadamente, como se algo mais importante ocupasse sua mente.

Guiou-a por um corredor a um terraço de pedra no lado externo.

– Aí está – murmurou.

Olhou surpresa. Embaixo dela, uma enorme piscina de água quente liberava vapores em meio ao ar fresco do outono. Parecia funda, mas era difícil dizer, porque a água era de um pálido verde-esmeralda. Traços de bolhas minúsculas levantavam aqui e ali em sua superfície. Olhou para suas bordas calçadas, suas colunas clássicas e suas estátuas.

– São todas romanas?

– Primeira pergunta maluca. – Josh se apoiou no parapeito.

– A banheira é. O resto é mais recente. Era uma piscina romana ao ar livre.

– De onde vem a água? Como fica tão quente?

De repente, percebeu quão pouco sabia sobre tudo aquilo, apesar de toda a pesquisa que havia feito em Sheffield.

– No subterrâneo, fica extremamente quente. Não sei como. O núcleo da Terra é quente, não é?

De repente, ele ficou sério, fez uma pose de conferencista e impostou a voz de uma maneira ridícula.

– A terma do Banho Real é uma fonte de água natural que nasce bem fundo sob a cidade; tem vazão de um milhão e meio de litros por dia. Nunca se teve notícia de seu volume ter minguado.

Ela riu. E ele continuou:

– Silêncio aí atrás, por favor. A temperatura da água mantém uma constante de 49°C. A água que você está olhando é antiga, caiu como precipitação das chuvas nas colinas Mendip, há 6 mil anos...

– É verdade?

– Bem, é o que o guia diz aos grupos visitantes. – A voz dele retornou ao normal. Ele se virou e continuou a andar.

– Você é guia?

– Não, mas eu quero ser, pois o salário é melhor. E ainda por cima recebem gorjetas.

– Acho que não conseguiria me lembrar de tudo isso.

Encolheu os ombros, mas ela pôde ver que ele estava realizado.

– Se você tivesse de repetir dez vezes ao dia, iria se lembrar ao andar aqui embaixo.

Agora estavam no subterrâneo. Ela o seguiu através de quartos escuros, cheios de objetos de exposição, caixas com cerâmicas romanas, lápides, altares, maquetes e reconstruções, banhistas da Antiguidade cujas vidas foram interrompidas. Josh virou-se e perguntou:

– Entediada ou muito entediada?

– Na verdade, eu gosto.

– Estamos bem debaixo da praça agora. Todos aqueles turistas, artistas de rua e lojas estão a uns dez metros acima de nós.

– Você pode me esperar aqui por um minutinho?

Enquanto ela esperava, o pensamento sobre aqueles olhos negros olhando para ela da mesa na calçada, em meio à multidão, tomou sua cabeça. Por um momento, sentiu-se sendo observada novamente. Olhou ao redor, mas o museu estava escuro e sombrio; não havia ninguém além dela. Um barulho veio do meio das caixas.

– Josh?

Havia alguém a observando. Podia sentir seus olhos, sua intenção e seu examinar secreto. Suas mãos repousavam sobre um quadro de informação. Ela o segurava tão forte que seus dedos doíam.

– Quem está aí? – ela sussurrou.

Copos brilhavam em meio à luz, reflexos de cálices, pedras e minerais romanos. Uma calçada plana de pedra se estendia em meio à escuridão. Então, olhou para cima e viu os olhos. Eram de um rosto de pedra, e a olhavam fixamente. O rosto era circular, com sobrancelhas franzidas, e pertencia a um homem com bigode harmonioso e um círculo luminoso de chamas ao seu redor. Ou seriam cobras? Na escuridão era difícil dizer. Mas, de repente, enquanto Josh acendia todas as luzes, holofotes iluminaram com um foco único, ela viu que o rosto que a encarava estava em meio a um frontão triangular. E por trás, timidamente, existiam duas asas enormes. Por um momento, algo se inquietou dentro dela, bem profundamente nas sombras de sua memória. Ela se abraçou. Queria gritar. Mas, em vez disso, sussurrou, com sua voz fraca naquela câmara subterrânea.

– Eu sei quem é você. Disse a Caitlin que ela podia voar. Por que você fez isso? Ela era minha amiga. Você a matou.

Luz.

Uma música eclodiu.

Uma voz ressoou.

“Bem-vindo ao Museu de Banho Romano. Nosso espetáculo interativo está aberto e convidamos você...”

– Sulis?

Josh surgiu de um canto do cômodo, encarando-a curiosamente. A normalidade voltou como um solavanco que parecia vibrar através de seus nervos. Expirou suavemente e disse:

– Acabei de deixar meu relógio cair. Acho que não quebrou. Fingiu apertá-lo, seus dedos agora estavam controlados e o tremor já havia ido embora.

Por um momento, ele a observou, como se não estivesse muito convencido. Disse:

– Este lugar pode dar arrepios no escuro.

Ela virou-se:

– Pode?

Talvez sua voz estivesse mais fria do que intencionava, pois ele pareceu ofendido. Então, ele disse:

– Vamos. Abriremos em dez minutos.

Mostrou-lhe o resto dos cômodos, mas nada mais chamou a atenção dela até que chegaram a um local onde a água vertia de forma arqueada como uma nascente. Um local cheio de vapor, barulhento e com uma grade, através da qual se podia olhar. Ela agarrou o metal aquecido e pressionou sua testa contra ele.

– Olhe todas essas moedas!

– As pessoas as jogam aí. Oferendas. – Ele deu um sorriso malicioso. – No final da temporada, nós limpamos e dividimos o lucro entre os funcionários. Imagine... nós encontramos todo tipo de tralha: moedas estrangeiras, botões. Deveriam mostrar mais respeito à deusa.

O calor era maravilhoso. Sentia um ardor úmido em seu rosto e lábios, como imaginava que uma sauna deveria ser. Precisaram ir embora. Ao levá-la de volta para o saguão principal, ele disse:

– Ruth me falou que você é uma estudante.

Imediatamente ela se pôs em guarda.

– Vou começar a faculdade em outubro.

– Aqui?

– Sim.

– A maioria das pessoas se muda daqui.

– Nós acabamos de nos mudar para cá.

Ele disse:

– Do norte, posso identificar seu sotaque.

Ela deu uma risadinha:

– Está tão óbvio assim?

– Bom, comparando com o do pessoal que mora aqui...

Ele ficou em silêncio depois disso. Enquanto ela o seguia pelo corredor, sentiu que deveria ser amigável também. Perguntou:

– Você é estudante?

Ele não respondeu, ela não conseguia ver seu rosto. Respondeu:

– Não. Estou procurando um emprego.

Havia um aviso que ela identificou. Dizia: "Não me pergunte sobre isso". Ela sabia exatamente como era se sentir assim. Quando eles chegaram ao saguão de entrada, ele disse:

– Boa sorte. – E saiu para abrir as portas ao público.

Ela foi até a loja de presentes para começar a trabalhar.

Não foi tão difícil. Quase na hora do almoço, ela já sabia onde tudo se localizava: a papelaria, as toalhas de chá, as cópias caríssimas das estátuas romanas e as joias. Não sabia mexer no caixa ainda, mas Ruth disse que a ensinariam em breve. Deveria apenas se concentrar, neste dia, em aprender sobre o estoque, os preços, como deixar tudo organizado, observar as crianças das escolas que entravam na loja como uma grande onda agitada, quebrando apontadores, lápis e os pequenos soldados romanos.

Na hora do almoço, ela precisou de ar fresco. Levou seus sanduíches para a Praça da Rainha, onde havia um espaço verde, alguns bancos para se sentar e pessoas que admiravam as construções majestosas.

Simon havia lhe dito que aquilo fora a primeira obra-prima de Jonathan Forrest.

– Ele a fez antes do Círculo. Trabalho fabuloso.

Ela se sentou em seu casaco e observou as folhas caírem das árvores. Já se sentia bem feliz com o emprego. Gostava de ver os turistas de todas as partes do mundo confusos com os preços e tentando se passar por entendidos com sentenças provenientes de um guia turístico. Adorava o mistério das termas quentes. Por um momento, recordou algo que a havia preocupado mais cedo... Sim, aquele rosto de pedra. Ela olhou o logotipo em seu moletom. Não conseguia se lembrar por que ele a tinha alarmado. Descartou o pensamento e se perguntou se haveria tempo ainda de ir até o engraxate e de conseguir um pouco de creme hidratante antes de voltar.

Foi quando que ela o viu.

Cada osso de seu corpo pareceu se petrificar.

Estava em pé, do outro lado da praça, de costas para ela. Reconheceu o casaco escuro, tão longo que cobria os joelhos. Ele estava olhando para outro daqueles porcos com bolinhas que estavam pela cidade. Era de acrílico transparente, de modo que não parecia estar ali.

Ela se levantou, segurou sua bolsa que caíra de seu colo e engoliu a outra metade de seu sanduíche. A lata de Coca caiu e derramou o líquido.

Ele não se moveu. Ela o viu alcançar o porco invisível, tocá-lo suavemente e correr os dedos sobre sua superfície. Por um momento, pôde sentir o plástico frio e levemente úmido. Ele levantou suas mãos e as manteve erguidas. Os dorsos delas voltados para Sulis, como em um cumprimento.

Ele deve ser capaz de me ver, – refletiu.

Virou-se e correu empurrando as pessoas em seu caminho, cambaleando pelo portão e pela rua, tão descuidada que um motorista buzinou alto para ela e outro freou bruscamente. Ao ignorar as luzes no cruzamento, correu a toda velocidade pela calçada, virou uma esquina e alcançou um atalho que encontrou no pátio anexo a um albergue antigo, até voltar a uma rua com lojas de caridade. Entrou na mais próxima, agarrou uma saia e, ofegante, disse:

– Posso provar esta, por favor?

Moveu-se rapidamente para dentro do provador, puxando a cortina tão bruscamente que quase a derrubou.

Seu coração estava acelerado. Sem ar, com as costas viradas para o espelho, aguardou um momento. Depois de um minuto angustiante, abriu uma fresta na cortina e espiou o local. Havia poucas pessoas na loja. Ninguém estava na porta de entrada.

Não sabia o que fazer. Ligar para Hannah! Tão logo o pensamento veio até ela, atirou a saia antiga na cadeira e pegou seu celular, ficando com ele na mão.

Não. Tola. Estava em pânico.

Imaginou Hannah gritando no carro, correndo para dentro da loja, toda amedrontada, e as pessoas na loja...

Não. Respire. Controle-se.

Ela sorrateiramente deu outra olhada para fora. Novamente, não viu ninguém na porta de entrada. Sentou-se em um banquinho cambaleantemente e esperou. Tinha dez minutos antes de precisar voltar ao museu; conseguiria chegar até lá em dois.

Havia uma música no rádio. Uma música antiga do Bowie. Deixou a música fluir dentro de si, concentrando-se nela e deixando-se levar para outro lugar. A música sempre a ajudou. A cortina fez um barulho. Ela deu um pulo.

– Você já terminou aí, querida? Tem outra pessoa...

– Sim, desculpe-me. – Abriu a cortina cautelosamente. A mulher idosa do caixa estava em pé ali com outra senhora aposentada. Ambas olharam-na como se houvesse algo errado com ela. Forçou um sorriso radiante.

– Não cabe em mim, desculpe-me.

A saia era horrível, percebeu. Ao colocá-la de volta no cabide, ela quase riu. Sentiu tamanha histeria que lhe provocou calafrios.

Foi para a rua e deu de cara com ele, que disse:

– Não é uma loja muito legal.

Sulis respirou.

– Josh.

Deu uma olhadela na rua. Ele carregava um pão com linguiça envolto em um papel engordurado, deu uma mordida nele:

– Não a estou seguindo, se é o que você está pensando.

– Eu...

– Brincadeira.

– Certo.

Ele olhou para ela de perto.

– Você está bem?

– Sim. Melhor eu voltar.

Andou rapidamente. Ele passou a acompanhá-la. Ela deu alguns passos e não se conteve em olhar para trás. Fez isso por mais duas vezes até chegarem à praça. Enquanto andavam no meio da multidão, seus olhos miravam rapidamente o rosto das pessoas.

– Alguém está seguindo você? – perguntou Josh.

Olhou-o rapidamente. Em seguida, empurrou a porta, abriu-a e correu para dentro.

Lógico, pensou mais tarde, colocando um livro em uma sacola para um cliente. Não estava segura nem dentro do museu. Não havia nada que pudesse impedi-lo de entrar, comprar algo, vir até o caixa, ficar em pé à sua frente e olhá-la. Ele era bem alto. Muito alto. Mas, naquela época, ela era apenas uma criança.

Ele não apareceu. Passou a tarde inteira nervosa e, quando chegou o momento de a loja fechar, não podia esperar até os ferrolhos serem postos na porta da rua.

Ruth abaixou a persiana e virou-se, aliviada.

– Deus. Que tarde agitada. As escolas voltaram em ritmo intenso. Acho que vou emigrar. – Ela se aproximou e disse: – Bem, Sulis, como foi seu primeiro dia?

– Bem, obrigada – disse e forçou um sorriso.

– Você foi muito melhor que a maioria. Vejo você amanhã.

Foi para a sala dos funcionários e pegou seu casaco, tendo cuidado para não encontrar Josh. Havia apenas alguns guias conversando. Então, saiu quieta pela entrada da sala de funcionários e olhou ao redor.

A rua estava vazia. Respirou fundo e correu.

Levou dez minutos para correr para longe, por ruas entrelaçadas e terraços da cidade, certificando-se de que estava segura. Finalmente, com dores no abdome, parou para respirar, segurando-se em um parapeito preto de ferro batido.

Queria agachar e se encolher. Sempre fazia isso quando era pequena, depois de pensar sobre aquele homem e Caitlin.

Às vezes, arrastava um cobertor da cama e se enrolava nele por horas, contando, cantando, desenhando espirais e círculos em um papel, sem sair de lá, ignorando todas as promessas que suas mães adotivas lhe faziam. Conselheiros já haviam conversado com ela sobre isso.

– Você se sente segura assim, docinho? Posso espiar aí embaixo e conversar um minutinho com você?

Ela reergueu-se do parapeito.

Ele não a destruiria. Não deixaria isso acontecer.

Seria ele mesmo?

Andou o resto do caminho de forma vagarosa e decidida, sem olhar ao redor.

Chegando ao Círculo, seu coração se fortaleceu um pouco ao admirar a perfeição do arco de casas. Andando ao redor, percebeu que havia curvas à sua frente, mas não desejava percorrê-las, pois queria uma linha reta. Andou com passos largos diretamente pelo círculo ondulado de grama, no centro, por baixo das cinco árvores grandes.

Folhas obstruíam a grama. Chutou o monte viçoso cor de cobre. Sob as árvores, a grama era esparsa. Bem no centro, havia um telhado de concreto, de alguma estrutura subterrânea, verde pálido.

– Sulis – Simon a chamou. Estava nos degraus da entrada da casa com sua chave e uma sacola cheia de compras. Ele acenou e, quando ela se aproximou, disse:

– Teve um bom dia no mundo do trabalho?

– Foi ótimo.

Olhou para ela e abriu a porta. Enquanto entrava seguindo-o, sentiu algo crepitar embaixo de seus pés. Eram apenas algumas folhas que o vento trouxera para dentro. Enquanto observava, uma rajada de vento fez cair uma folha suavemente no pé da escada.

Folha de carvalho, apesar de não haver carvalhos no Círculo.

Zac

Na manhã seguinte, enquanto eu estava cozinhando para Cook aquele mingau horroroso, Forrest entrou e disse:

– Pegue um casaco, Zac. Nós vamos sair.

Eu o olhei.

– Para o sítio?

Eu não tinha interesse algum naquele local, pois ainda era um campo íngreme e enlameado acima da cidade. Trabalhadores estavam dando duro para tentar torná-lo plano, construindo uma enorme base de acesso à rua circular. Quem sabe algum dia conseguiriam.

– Para o sítio, não.

Meu mestre estava com as mãos próximas ao fogo da lareira. Suas mãos ficavam frias com certa frequência, eu notava. Sua asma também piorava durante a manhã.

– Vamos para Stanton Drew.

– É alguma vila?

Ele riu. Até Cook e a empregada sorriram maliciosamente. Isso é exatamente o que eu desprezo na casa de Forrest. Um cavalheiro não deveria comer na cozinha, mas todos nós fazemos assim, pois sua mesa de jantar é uma bagunça, cheia de plantas e livros.

– Uma vila. Sim. Mas esse não é o motivo de irmos lá. Tenho alguns negócios a fazer lá e preciso da ajuda de meu assistente agrimensor. Será um bom treinamento para você.

Tive a certeza de que havia alguma casa elegante a ser inspecionada, e, seguindo a orientação de Forrest, abandonei a colher do mingau gelado. Quando saí, ele me disse:

– Você vai precisar de uma mala. Não vamos voltar até amanhã. Corri até meu quarto pequeno e me perguntei o que o havia deixado de bom humor. Depois da bagunça com Compton, achei que ele estava ferozmente frustrado. Era mutável como o vento.

Peguei meu camisão de dormir, uma camisa nova de linho e um pouco de dinheiro, joguei-os em minha bolsa de couro. Era usada, mas cara. Adorava o cheiro e o toque dela, pois havia sido comprada para o meu pai, quando ainda jovem e de partida para a Europa a uma viagem turística para conhecer as maravilhas de Paris e Roma. Isso era algo que também havia jurado fazer quando recuperasse todo o dinheiro que meu pai jogara fora apostando.

O pensamento sobre minha herança perdida trouxe uma sensação perturbadora em minha mente que eu sabia ser de "ira". Uma ira imensurável e forte contra a atitude estúpida do meu pai. Então, para mandá-la embora, coloquei minhas botas e pensei em Forrest. Qual era o significado da palavra Oroboros?

Por que uma serpente comeria seu próprio rabo? Planejei esperar até que Forrest tivesse saído, para então consultar seus livros sobre druidas e seus muitos panfletos antigos e mofados. Se houvesse algum significado secreto, estava decidido a descobri-lo.

Houve um barulho na escada.

Parei, com uma bota colocada pela metade. Então me levantei, saltei até a porta e a abri com ímpeto.

A escada estava vazia, mas havia rastros de um perfume de rosas no ar.

– Pare de me espiar – bradei.

Não havia sinal dela, mas sabia que podia me ouvir.

– Se você tocar em qualquer dos meus pertences, direi a Forrest e farei com que seja jogada de volta às ruas...

Ouvi uma risada suave na escadaria do sótão.

Entrei novamente em meu quarto e bati a porta. O que ele estava pensando ao acolher tal criatura! O rumor tinha corrido toda a cidade. Será que ele queria destruir seu negócio? Não que eu me importasse. O que era o negócio dele para mim? Foi quando me lembrei de um sonho que tive à noite, só um fragmento dele, de um círculo de casas enorme, erguido ao sol, cheio de pessoas. Seu centro verde com cinco árvores grandes no meio. Mesmo com má vontade, eu sabia que queria ver o Círculo construído.

Partimos às dez, cavalgando os dois únicos cavalos que ele mantinha. Já na esquina, olhei para trás e vi Sylvia acenando do degrau da porta. Usava um xale azul por causa do frio. Havia um sorriso atrevido em seus lábios. Forrest acenou de volta. Olhei para longe.

Na parte velha, fedorenta e suja da cidade, fiquei feliz por ser um pouco superior à multidão. Mas foi nas ruas elegantes que me senti melhor, porque consegui ver cidadãos eminentes desfilando, damas na última moda e homens com suas carruagens e caleches rápidas.

Uma carruagem vistosa de quatro rodas, puxada por um par de éguas pretas e lustrosas, passou por nós a toda velocidade, fazendo ruído ao cruzar a ponte de pedra. Visualizei um homem bonito nas rédeas. Deu uma olhada rápida, quando passou por nós.

– Era lorde Compton apressado – eu disse.

Lembrei-me do cartão que ele apressadamente havia me entregado. Ainda não havia decidido se aceitaria o convite dele.

Forrest bufou. Esperava que fizesse algum comentário, mas não disse nada. Ele leva suas frustrações, amargamente, para seu coração.

Eu o instiguei.

– Você acha que ele vai investir no projeto?

– Se não, vou construir o Círculo de qualquer jeito.

Encarei-o.

– Com seu próprio dinheiro?

– Por que não? Posso vender escrituras das construções. Zac, a minha rua do sol será a mais elegante que você já viu. Colocarei os segredos dos antigos, como sinais mágicos na terra. Em toda a minha vida quis criar tal cidade. Um cachorrinho como Compton não vai atravessar o meu caminho.

Permaneci em silêncio. Seria arriscado continuar sem investidores. Se ele estivesse prestes a perder tudo, eu estaria "fora" do aprendizado e retornaria à pobreza. Talvez tenha percebido minha dúvida, pois dera aquele sorriso raro.

– Estamos fora da cidade, Zac. Agora podemos cavalgar.

Era um dia magnífico. Um pouco frio para outono, de modo que o vento arrancava lágrimas de meus olhos. O céu estava azul, e as folhas voavam ao nosso redor, como grandes tempestades douradas. Subimos a lugares íngremes até as colinas, dispersando os grandes rebanhos de ovelhas que pastavam. Perturbamos lebres que fugiam enquanto cavalgávamos. Dali, podíamos ver toda a cidade abaixo, a maneira como as casas se amontoavam à beira dos montes, o entrelaçado dos telhados e das chaminés ao redor das fontes quentes escondidas em seu coração.

– Você conhece a história de Bladud? – Forrest perguntou de súbito.

– Nunca a ouvi – disse entediado, sabendo o que estava prestes a acontecer.

– Ele era um rei e um druida. Sofria de uma doença terrível. Lepra talvez. Seu povo o expulsou. Perambulou por estas colinas profundamente angustiado, no meio do frio e da chuva. O único trabalho que conseguiu foi como guardador de porcos. Porém, ele percebeu que os porcos que guardava iam todos os dias a uma fonte dentro de um vale. Rolavam na água que vinha da terra quente. Mantinham a pele branca e pura. Então, ele os atraiu para fora com algumas landes e entrou na água.

– E foi curado.

O fim era óbvio. Eu me perguntei se ele acreditava em tamanha conversa fiada e antiga. Olhou para mim como se minha curta resposta tivesse estragado a história. Então disse:

– Sim, foi curado.

Virou o cavalo e continuou andando. Eu o segui. Senti dó, e falei:

– Acho que foi assim que a fonte virou um lugar de curas. Isso foi quando os romanos estavam nestas terras?

– Antes, bem antes – foi conciso. Sabendo que ele não conseguiria quando se tratava deste tema. Logo seu entusiasmo explodiu. – Creio que aqui era um lugar mágico. Bem antes dos romanos, foi reino dos druidas. Temos teorias a esse respeito. Se pudéssemos cavar por baixo das banheiras, quem sabe o que poderíamos achar. E nós cremos...

– Nós? – eu disse.

Ele se calou. Chegamos a um portão. Abaixou-se para abri-lo. Sua mão enluvada escorregava na madeira congelada; continuou:

– Outros antiquários, estudantes amigos.

Ele se considerava uma pessoa estudada. Era fato que tinha escrito livros sem nunca ter ido a uma universidade, como meu pai ou como eu pretendia. Então, por maldade, disse:

– Como o mestre Stukeley?

– Stukeley! – Sua ira era explosiva. – Aquele tolo não saberia o que é erudição, mesmo se esta caísse como uma árvore sobre ele. E seu desenho de Stonehenge!? Uma criança faria melhor. Não mencione o nome desse sapo para mim, Zac. Não suporto esse homem.

Ia à minha frente e confesso que ri nas costas dele. O livro de meu mestre sobre druidas foi zombado por esse Stukeley, que chamou suas ideias de "excentricidades de uma imaginação falida". Ainda assim, tanto Forrest quanto Stukeley eram doidos para mim.

Demorou pouco mais de uma hora para alcançarmos a rodovia expressa.

Trotamos por ela, por entre cercas vivas demasiadamente grandes, até que nos desviamos em um pequeno pedágio cônico, em que o pagamento devido era de um quarto de pêni por pessoa. A trilha nos levava para uma vila contornada por colinas. A torre da igreja se elevava sobre as copas das árvores, e um rio moroso e pequeno era atravessado por uma ponte de madeira. Enquanto nos movíamos sobre ela, procurei por uma casa grande, mas não consegui ver nenhuma. Parecia um local pobre e contagioso.

Viramos entre duas humildes cabanas. Um menino, com o nariz escorrendo, saiu correndo de uma delas e nos encarou como se nunca houvesse visto seres humanos antes.

– Aqui estamos – disse Forrest e, em seguida, opeou do cavalo.

Confesso que achei que estivesse zombando de mim. Minha expressão deve ter revelado meu desgosto, pois olhou para mim e disse baixinho:

– Você deve descer do seu cavalo, Zac, se quiser trabalhar comigo. Não sou nenhum fidalgo para afetar ares de nobreza.

Quis lhe dizer algo com desprezo e ira, mas mordi minha língua e pulei do cavalo. Minhas botas patinaram na imundície. Forrest inclinou-se para o menino.

– Lembra-se de mim, criatura?

A criança balançou a cabeça e sorriu. Tinha poucos dentes.

– Queremos acomodações como da outra vez. Leve nossos cavalos para a estalagem, ponha-os no estábulo e depois venha pegar uns trocados. Estaremos no local das pedras.

Retirou sua mala com instrumentos de sobrevivência.

Meu coração desmoronou.

– Pedras?

Olhou para mim de rabo de olho.

– Você esperava alguma mansão, senhor? Bem, vou mostrar-lhe uma.

Levou-me por uma série de degraus em meio à sebe e, quando já a tínhamos atravessado, eu ainda tirava os cavacos da minha mão. Vi-me em meio a um campo grumoso, cheio de folhas caídas e esterco seco. Ovelhas levantaram-se e nos encararam. Algumas poucas se afastaram e baliram, inquietas. O barulho fez com que um aglomerado de gralhas fizesse uma algazarra nas árvores.

Forrest parou.

– Lá, Zac. – Sua voz parecia atemorizada. – Porventura não é a obra-prima de um daqueles arquitetos, mortos há algum tempo?

O campo tinha pedras espalhadas por todo lado. Eram enormes. Algumas deitadas, outras caídas. A mais próxima de mim era de um tipo de composto vermelho, como liquens, mais alta do que eu e tão larga que não conseguiria abraçá-la. Atentei para sua superfície esburacada, marcada e ferida com pústulas. Disse:

– Os antigos gostavam de materiais brutos, inacabados.

Forrest riu

– É verdade. As damas elegantes de Aquae Sulis nunca iriam permitir tal absurdo – ironizou Forrest. – Contudo, essas pedras não são meramente bagunça do acaso. Formam círculos.

Andou entre elas e observou ao seu redor. A superfície era enorme, quase tão grande quanto o centro do Círculo do Rei viria a ser. As pedras erguiam-se, suavemente, como cubos cinza no campo inclinado. Eram sem sentido. Seriam necessários guinchos, cordas e bois para removê-las. Ainda assim, ele estava certo. Elas formavam um círculo.

– Já inspecionei este local antes. Acho que fui o primeiro a fazê-lo de modo apropriado – disse Forrest, jogando sua mala em uma parte sem grama. – Ninguém mais se importa com este local. Isso aqui já foi importante um dia, Zac. Olhe estas proporções. Não pode ter sido construído para ser uma habitação. Não faz sentido. Lá está o Círculo... O grande círculo. Do outro lado, mais pedras. Já descobri dois círculos menores, mais conservados. Um deles tem uma laje plana, como se fosse um altar. Cerimônias importantes devem ter acontecido nele. Assembleias imensas de homens sábios e talvez de mulheres. Existem pedras do lado de fora deles; elas poderiam ter sido usadas como estradas para procissões druídicas.

Lá estava ele de novo, em seu deleite favorito. E eu, com fome, almejando um pouco de comida.

– Os druidas tinham tavernas? – perguntei cuidadosamente.

Ele se virou e, por um momento, percebi que havia cutucado sua ira. Estranhamente, aquilo me fez sentir bem. Estalou os dedos.

– Temos trabalho a fazer, senhor. Vamos prosseguir com ele.

Se ele já o tinha inspecionado, por que fazer tudo de novo?

Passamos a tarde inteira conferindo as medidas, desenrolando fitas compridas e andando para trás com estacas. Caminhamos tanto que minhas botas fediam a estrume de ovelhas. Estava um pouco frio também. O vento levantava meu casaco, chicoteava as bordas dele em minhas pernas e balançava meu colarinho.

Forrest parecia não se dar conta do tempo. Trabalhava como um homem absorvido pela labuta, andando e desenhando. Algumas vezes apenas com sua mão apoiada em uma das pedras, como se sentisse algo se mover bem dentro delas. Ao pôr do sol, o vento virava quase um temporal. Nuvens escuras se aglomeravam no horizonte. Enquanto guardava meu equipamento, observava-as inquieto.

– É melhor irmos, vai haver uma tempestade.

– Daqui a pouco, Zac.

Ele estava engatinhando na lama com uma espátula.

Eu me agasalhei com meus braços e comecei a andar para lá e para cá. Meus pés estavam dormentes e congelados. Então atravessei o local até o círculo menor. Era bem mais fácil ver sua forma e a avenida que levava até ele. Nove ou dez pedras sobreviveram. Subi em uma pedra caída, sentindo a superfície arenosa manchada de liquens pulverulentos. Uma árvore havia crescido perto dela. Um carvalho enorme, forte e imponente. O vendaval estava fazendo com que suas folhas cor de cobre e douradas caíssem em abundância. Peguei uma lande do chão e segurei com minha mão enluvada. Pensando comigo sobre as diferentes formas e desenhos próprios das árvores.

– Viajando no tempo, Zac?

Forrest me observava, com seu olhar calmo e direto.

Joguei a lande para o alto e a coloquei em meu bolso.

– Só se for no tempo em que pegaremos alguma coisa para comer.

Ele balançou a cabeça, um pouco triste.

– Sim, desculpe-me. Eu fico preso pelo estímulo de tais lugares. E é tão próprio desta árvore estar aí, pois o carvalho é a árvore sagrada dos druidas. Você sabia disso? Mas está chovendo e você está bem molhado. Vamos. Os prazeres da hospedaria nos aguardam.

Eu o segui, arrastando-me. Mais extraordinário que uma lande é o homem que consegue achar instigante estudar pedras em um lugar lamacento. Enquanto levava a sacola de ferramentas em meu ombro, deixei a dor da comiseração me possuir. Algo que eu tentava evitar, por ela não ter nenhum propósito em si. Ainda assim, existe certo prazer nela. Pensei em minha casa, no quarto de minha mãe, no calor da lareira e em minhas duas irmãs sentadas ao lado dela, provavelmente lendo, costurando ou fazendo todas as coisas inúteis que meninas fazem.

Na sala de estudos, na frente do corredor, meu pai provavelmente estaria na janela olhando para o parque debaixo de chuva, talvez com um copo de vinho na mão, lamentando por suas pinturas que haviam sido vendidas, seus cavalos de corrida leiloados e seu filho que deveria aprender a fazer negócios.

Um filho não deve desprezar o pai. Talvez eu ainda o ame. Assim como Forrest, meu desapontamento ainda era amargo, porém não tinha sonhos de uma cidade perfeita para me ajudar a esquecê-lo.

A hospedaria era outra tragédia. Esperava pelo menos uma casa de madeira com um pouco de alvoroço e algumas carruagens, mas era uma cerca de porcos, desalinhada, com um telhado de sapê que escorregava pelos beirais. No quarto havia apenas alguns bancos, fedia a cerveja e coisas piores. A lareira estalava. Fui direto para lá.

Forrest aqueceu suas mãos também, tirando suas luvas e seu casaco. Então chamou:

– Senhora, seus hóspedes estão com fome.

A mulher que se apresentou era volumosa, como nunca vira antes. Gordurosa como se estivesse cheia de cuspe. Colocou seus braços em volta dele e gritou de alegria, o que encabulou Forrest ao extremo.

– Mestre Forrest! Você parece tão saudável! Este é seu filho, senhor? Seu retrato.

Não sei qual de nós se sentiu mais ofendido. Provavelmente eu, pois Forrest só riu.

– Não, Luce, este não é meu filho. Jack está no exterior, estudando arquitetura na Itália. Este é mestre Stoke, meu assistente.

Eu me inclinei. Ela me olhou fixamente.

– Um cavalheiro, asseguro.

Forrest sorriu.

– Gostaríamos de um quarto, Luce; algo quente. Só por esta noite. Ele a chamou de lado e conversou com ela baixinho. Virei e olhei fixamente para a lareira. Era quase impossível entender o modo de falar daquelas pessoas. Eu já tinha visto o suficiente. Era um estranho e sempre o seria. Bem, podia conviver com aquilo.

Subi até o quarto para me lavar e encontrei um sótão embaixo do beiral do telhado, com três camas. Orei para que somente eu e Forrest tivéssemos que dividi-lo. Outro imbecil roncador seria demais. Mas quem mais a visitaria? Usei um pouco de água fria, tirando a sujeira mais grossa de minhas mãos e meu rosto. Então troquei de camisa e casaco. Queria ter outro par de botas, mas estas teriam de ser suficientes. Quando terminei, fiquei pelo menos apresentável, nada que alguém ali pudesse notar. Fui até a janela e abri a persiana.

Uma tempestade estava se formando. O vento prostrava todas as árvores e sebes diante de si. Havia um pequeno pomar do lado de fora, com alguns gansos que ali pastavam. Para minha tristeza, percebi que havia pedras ali também. Três delas enormes, amontoadas. Por um instante, fiquei curioso com o modo como elas estariam relacionadas com os círculos e com o propósito delas ali. Então, um cansaço proveniente de tudo aquilo me tomou e fui me deitar sobre aquela cama mofada. A chuva batia no telhado de sapê. Pensei comigo, quão mais baixo chegaria em minha vida.

Meu aprendizado com Forrest tinha sido ajeitado por um amigo do meu pai, talvez o único que tenha sobrado. Era para ser uma nova vida para mim, um novo começo para minha família. Deveria reconquistar a fortuna que havíamos perdido. Senti meu interesse desfalecer ao ouvir sobre a suposta genialidade de Forrest. Conhecê-lo foi como uma frustração dolorida, e agora com a rameira que trouxera para morar em casa desejei nunca ter vindo para este lugar. Talvez devesse escrever aos meus pais para que repensassem sobre tudo. Não fazia ideia das taxas que meu pai pagava a Forrest, porém sabia que poderiam ser gastas de uma maneira melhor. Nunca seria um grande arquiteto. Eu me enrolei. Fracasso e solidão me atormentavam. Por um instante, senti-me como um exilado, como o rei leproso naquela floresta em meio aos porcos, perdido e buscando apenas achar um lugar mágico para curar-se. Então Forrest chamou do andar de baixo.

– Jantar, Zac!

A comida estava surpreendentemente boa, admiti. Um pernil crocante e um purê de rutabaga, nabo e um preparado a vapor, sabor de creme, que não consegui nomear. Expulsou todo o frio da minha cabeça até as pontas dos dedos.

Sentei-me com um copo de vinho do Porto e fiquei quase satisfeito.

– Então, Zac. – Forrest me observava. – Você percebeu a ligação entre estes círculos e meu trabalho?

Encolhi meus ombros.

– Um círculo druida, senhor, mas...

– Havia trinta pedras.

Ele se levantou e andou impacientemente.

– Vinte e sete sobraram, mas havia trinta no anel externo, como em Stonehenge; como se tal número fosse mágico ou significasse harmonia, uma verdade geométrica. Três vezes dez. Talvez tivessem trinta deuses ou trinta ancestrais, ou trinta dias em um mês. Isso daria um ano com treze meses.

Tentei não suspirar.

– Então, você fará trinta casas no círculo.

– Três avenidas que se direcionam para fora dele, cujos pontos formarão um triângulo equilátero dentro do círculo. Cada casa terá três pavimentos. O frontão triangular será coroado com um círculo de landes, fruto do carvalho. A coroa de Bladud. Isto é o meu projeto, Zac, uma reprodução do que os antigos fizeram. Vou construir o meu próprio círculo de pedra.

Bebi.

– O que Greye disse sobre o barulho, o mau tempo...

– Um total absurdo. – Forrest me olhou. – Você consegue acreditar em tamanha asneira?

A mulher em forma de bule havia nos contado uma história de que as pedras aqui eram o que restou de convidados de um casamento, que viraram pedras por dançarem aos domingos. Ele ria sobre aquilo.

Eu disse:

– As pessoas têm medo de coisas novas. Talvez um terraço reto fosse melhor. Você teria um grande lucro, e depois...

Ele olhava para mim como se eu o tivesse apunhalado com uma faca. Colocou a xícara na mesa.

– Vá para a cama. Tenho de sair por uma hora. Não me espere acordado. Amanhã cavalgaremos de volta, logo cedo.

Ele saiu, batendo a porta. Olhei surpreso. Que lugar haveria para ir neste chiqueiro?

Mesmo assim, pensei que a razão verdadeira de termos ido lá estava relacionada àquele lugar. Um *flash* do símbolo da serpente devorando seu rabo passou por minha mente. Em alguns minutos, levantei-me, peguei meu casaco e sorrateiramente fui atrás dele. A tempestade rugia por sobre as colinas. O pomar uivava devido à ventania açoitando os galhos, mas mesmo assim conseguia vê-lo. Ele não havia ido longe. Estava em pé no abrigo das três pedras, levava o cavalo selado e com a rédea posta. Parecia que já havia pedido para fazerem isso mais cedo.

Amaldiçoei aquele momento.

Meu animal já estava todo encolhido para passar a noite.

No momento em que pensei que eu deveria correr até o estábulo, Forrest pulou na sela e vi, em meio à escuridão, algumas luzes trêmulas se aproximando. Corri de volta. Homens cavalgavam. Contei dez, quatorze. Mais. Moviam-se tão quietos quanto era possível. Só se ouvia um barulho de arreio e um tropel de patas. A tempestade os cobria, açoitando seus casacos. Cada um deles estava bem agasalhado. Eram formas escuras. Vieram até Forrest, palavras foram pronunciadas, uma pergunta foi feita, mas não pude ouvir do que se tratava. Então, rastejei até mais perto, atrás de uma pedra enorme mais próxima.

– Oroboros.

A resposta foi clara, bradada contra a tempestade que se levantava. Então os homens se viraram, e Forrest estava com eles. Movi-me por trás da pedra e meu rosto deslizou em sua frieza.

Assobios.

Uma explosão de salivas e um cacarejar nervoso em meus pés! Dei um salto para trás, praguejando. Meu coração pulava desenfreadamente, enquanto gansos se aproximavam, com asas abertas, pescoços erguidos. Três fantasmas brancos furiosos na noite.

Forrest se virou. Ele me viu. Nossos olhos se encontraram por um momento, em meio à chuva. Ouvi os homens perto dele gritarem.

– Alguém aqui está nos observando!

Eles me encontrariam e me arrastariam para fora. Alguém desembainhou uma espada. A lâmina brilhava suavemente sob a luz da lanterna.

Forrest disse:

– Não é "nada", senão gansos. Nós os assustamos.

Ele voltou sua atenção para longe de mim.

Ouvi um dos cavaleiros dizer:

– Você tem certeza?

– Claro. Vamos embora.

Afastei-me dos pássaros que assobiavam para dentro da escuridão da pedra, enquanto os homens moviam-se em minha direção, uma cavalgada de sombras. Depois que o último já tinha ido embora, só a tempestade restava.

Voltei à porta da hospedaria e a encontrei aberta. A mulher gorda estava recostada ali com um de seus braços na verga.

– Uma noite meio angustiante para um rapazinho fino estar perambulando, atrás de coisas que não lhe dizem respeito – falou lentamente.

Forcei minha entrada por ela.

Ela sentiu o cheiro. Riu nas minhas costas.

Bladud

Comecei a construção.

O primeiro passo era limpar o terreno. Cavei e labutei em meio ao calor do verão. Movi pedras, arranquei as raízes de arbustos espinhosos, de juncos e de bambus.

Aves aquáticas grasnavam e saíam do meu caminho. Tomei muito cuidado. O terreno era sagrado e os habitantes eram da deusa.

Quando os orifícios foram alargados, água quente brotou de seu olho. O calor proveniente da água, muitas vezes, era difícil de suportar, de tal modo que meus dedos ficavam queimados e eu respirava com dificuldade.

Se mágica é uma palavra para descrever o desconhecido, então aquilo era mágica.

Eu havia destrancado o calor do coração da terra, o terreno profundo abaixo de nós. Lugares sonhados por homens à noite, quando se sacodem, viram-se e acordam com medo. Era um calor desumano.

Um dia, quando me virei, um menino me observava do bosque. Por quatro horas ele me observara; depois, quando já estava muito cansado, sentei-me para descansar. Ele se aproximou, pegou a picareta e começou a trabalhar em meu lugar.

– Mestre – disse ele –, um druida não deve cavar.

Assentei-me e sorri exausto.

No dia seguinte, meu povo veio com picaretas, alavancas e cordas de fibras torcidas, entoavam canções espirituais, traziam flores, frutos e caveiras para a deusa.

A fonte tornou-se uma piscina.

Suas bordas eram de pedra cortada e arqueada. Trinta pedras para reterem sua turbulência.

O povo recuou e esperou.

Plantei landes em volta, para a coroa de Sulis.

As fundações

Arquitetura é um termo amplo que compreende todas as causas e regras da edificação.

Sulis

– Tudo bem?

Virou-se rapidamente.

– Muito bem, obrigada.

– Só achei que você parecia um pouco...

– O quê?

Josh encolheu os ombros e disse:

– Com medo.

Ela vestia um casaco, usava um cachecol e um chapéu de lã que cobria seus olhos. Chovia lá fora. A praça era açoitada pelo vento, e as mesas empilhadas na cafeteria corriam risco de desmoronarem. Os turistas tinham ido para seus abrigos. Aquelas palavras a perturbaram.

– Não seja ridículo.

– Ok, tchau, então.

Foi embora, andando pelo corredor de mármore. Num ímpeto, ela o seguiu.

– Desculpe-me, Josh. Não quis dizer aquilo.

Ele se virou e voltou. Era mais alto do que ela, magro, ossos protuberantes, como se não comesse o suficiente. Percebeu que sabia muito pouco sobre ele, mesmo assim, durante a semana em que tinha trabalhado no museu, parecia ser o único que realmente havia conversado com ela.

E era fato. Estava amedrontada.

– Vou pegar minhas coisas – disse ele. – Vamos tomar um café. Depois eu a levo para casa.

Era a última coisa que ela queria, mas, mesmo assim, respondeu:

– Ok.

Enquanto ele saía, ela ficou na janela e olhou para fora. Era uma noite de outono turbulenta. Ao redor de Sulis, havia sombras de construções enormes cujas pontas georgianas e batentes eram iluminados por gotas brilhantes das luzes dos postes da rua. Alguns trabalhadores apressavam-se debaixo de guarda-chuvas. Ela os observava cuidadosamente.

O trabalho estava sendo mais difícil do que imaginava. Falar constantemente com estranhos, dar-lhes troco, conversar... Foi divertido no começo, mas depois de alguns dias o temor de estar sendo observada havia voltado, e para ficar. Se uma mulher olhasse para ela muito de perto ou se algum homem olhasse e sorrisse para ela, ficava gelada, porque ele estava lá fora em algum lugar.

Josh voltou.

– Ok?

– Sim.

Saíram pela porta da frente. Tom, o vigia noturno, resmungou:

– Ei, ei, ele não perde tempo, não é? – disse a Sulis, enquanto destrancava a porta.

Ela riu, mas Josh não disse nada. Lá fora, ele andou apressado pela praça como se estivesse irritado.

Apressou-se atrás dele.

– Ele não insinuou nada.

– Ele é um chato. Você não precisa trabalhar com ele.

Parou na chuva.

– Qual o caminho?

– Subindo a colina.

– Bom, eu preciso ir até a livraria.

– Você lê?

Ele deu um sorriso.

– Não, só olho as gravuras.

Passaram por algumas lojas fechadas e pelas lonas agitadas dos boxes do mercado. A chuva batia nas coberturas de plástico dos cartões-postais. Sulis viu o rosto franzido da górgone nas gotas que escorriam sobre o plástico.

Josh permanecia em silêncio. Na verdade, eram estranhos, ela pensou. Não tinha ideia do que falar. Ele andava rápido e sempre um pouco à sua frente.

– Deve ser esquisito se mudar para tão longe – disse Josh.

– O que quer dizer?

– Bom, Sheffield é uma cidade grande...

Ela quase parou de andar.

– Como você sabe?

– Ruth me disse.

– Ela não deveria ter dito nada.

Sulis o alcançou.

– Vocês têm falado sobre mim?

A respiração dela estava ofegante.

Josh riu.

– Fala-se de todos neste lugar. Não se preocupe.

A chuva escorria pelos dedos dela. Enfiou as mãos no bolso.

– É só que...

– Sério, ninguém falou nada ruim.

Parecia não muito calmo agora. Depois de um minuto, ela disse:

– Não fale com ninguém, pode ser?

– O quê?

– De onde eu vim. Por favor, não conte.

Josh encolheu os ombros.

Ao chegarem à livraria, disse:

– Não vou demorar.

– Fique à vontade.

Ela estava feliz por estar em pé, debaixo da rajada forte de calor da entrada.

– É lá em cima.

Ele andou rapidamente por entre as mesas dos *best-sellers*.

Ela o seguia com seu olhar. A palavra Sheffield soava como o som de um despertador em sua cabeça, mas não significava nada.

Havia algumas pessoas folheando livros. Estudou cada um deles cuidadosamente. Nenhuma delas era ele. Andou em direção à prateleira sobre "Crimes", levando sua mão por sobre as cópias de Agatha Christie. Já havia visto alguns destes na TV: *Assassinato no Expresso Oriente*, *Corpos na biblioteca*... Com desprezo, folheou um com os dedos. O que eles sabiam? Quantos destes escritores haviam testemunhado um assassinato, visto uma garota cair no vazio do céu azul de braços abertos, gritando?

Parou ao lado de um espelho enorme, olhando-se.

E lá, atrás dela, em uma prateleira, havia uma foto. Por um momento, ela não conseguiu se mover. O choque era muito grande. O olhar amedrontado daquela garota, pego pelo *flash* da câmera, encontrou-a como num desafio. Então, virou-se e agarrou o livro.

O título era *Mortes esquisitas e mistérios bizarros*. Olhou ao seu redor. Ninguém estava perto. As escadas estavam vazias. O livro era grosso, de capa mole. A foto era em preto e branco e, por isso, a menina parecia artificialmente pálida. A mão dela era branca como a de um fantasma na mão da policial.

Sulis a tocou. Seus dedos, os mesmos, prolongaram-se pelo rosto, bem próximo da lateral do livro.

Quis roubar o livro, jogá-lo em sua mala para que ninguém mais pudesse vê-lo. Suas costas suavam frio, pois o livro era como uma granada, um explosivo trêmulo que poderia detonar e acabar com sua vida.

Cuidadosamente, ela o folheou.

Um relatório fascinante de casos recentes da vida real, não solucionados, incluindo...

Seus olhos voaram pela lista até chegar em "A menina voadora: o caso misterioso de Caitlin Morgan e um..."

– Não sabia que você gostava desse tipo de literatura – disse Josh, descendo as escadas correndo.

Ela deixou o livro cair, fazendo um estrondo no chão. Inclinou-se e o apanhou.

Seu coração batia como um tambor.

Josh virou o livro e olhou para a foto.

Sentiu como se todos os sons na loja desaparecessem, como se todas as pessoas tivessem virado sombras, como se todo o Universo observasse o olhar dele naquela imagem odiosa.

Ele a reconheceria.

A cidade perfeita estava prestes a se rachar como um espelho quebrado.

Ele disse:

– Coisa horrível esses assassinatos!

– Eu o derrubei da prateleira por acidente. Estava apenas pegando-o do chão. – Lambeu seus lábios secos, sabendo estar falando demais. – Não queria lê-lo ou coisa parecida. Eca! Você deve estar brincando!

– Hum!

Os olhos dele estavam fixos no rosto da menina na foto.

Desesperada, perguntou:

– Você conseguiu o que queria?

Havia uma sacola plástica embaixo do braço dele.

– Sim, obrigado.

Ele lentamente escorou o livro *Mortes esquisitas e mistérios bizarros* de volta na prateleira e disse:

– Tem uma cafeteria no andar de cima. Podemos nos sentar ao lado da janela e apreciar a vista da rua, se você quiser.

– Tudo bem.

– Qualquer coisa ou qualquer lugar, menos ficar aqui.

Subiu correndo as escadas e entrou na cafeteria, puxando sua bolsa. Seu coração ainda batia como um tambor em seu peito, seus ouvidos zuniam como se uma bomba silenciosa tivesse explodido do seu lado.

Será que ele a reconheceu? Ele não poderia tê-la reconhecido, poderia?

Ambos pediram chocolate quente, e Josh insistira em colocar mais açúcar no dele, o que ela achou nojento. Sentaram-se em uma mesa redonda cheia de manchas circulares e olharam para os guarda-chuvas e carros na ladeira. Sulis tomou um gole da bebida, tão quente que queimou sua língua.

O celular de Josh fez um barulho sutil. Ele o tirou do bolso, leu a mensagem e o desligou. Então perguntou:

– Está melhor?

– O quê?

– Bem, está calmo aqui em cima. Não há ninguém além de nós.

Ela deu uma olhadela na garota que lia uma revista atrás do balcão.

– Então!

– Então me diga.

Ele encolheu os ombros, impacientemente, e continuou:

– Vai, Sulis, o que você acha que está escondendo? Você estava branca como um lençol lá embaixo e subiu até aqui como um gato assustado. E no trabalho você está sempre...

– O quê?

Ela, de fato, ficou nervosa.

Ele esfregou o tampo da mesa com um dedo imundo.

– Cautelosa. Sempre vi você inspecionando as pessoas, como se existisse alguém que não quisesse encontrar.

– Certo – ela disse asperamente. – E quem seria este, então? Meu ex-namorado? Um valentão da escola?

– Acho que é aquele esquisitão.

Ela olhou para cima.

– Esquisitão? – Aquilo saiu como um sussurro.

Josh encolheu os ombros e colocou sua xícara no pires. Não olhou para ela.

– Vi você mergulhar naquela loja no outro dia. Pensei que era eu quem você queria evitar. Então, fiquei rondando lá fora, espreitando pela janela, esperando por você. Só para deixá-la encabulada. Porém, havia alguém mais esperando também. Um sujeito magro em um casaco escuro. Viu que olhei para ele e saiu andando. Eu o reconheci, e desde então eu o tenho visto. Algumas vezes fica zanzando ao redor do museu, observa os artistas de rua, lê o jornal e se senta às mesas na calçada. Uma vez entrou em um daqueles passeios turísticos.

Ela estava tremendo. Suas mãos estavam congeladas sobre a xícara quente. Colocou-a na mesa com um ruído.

– Hoje ele estava lá de novo. – A voz de Josh era baixa.

Agora, olhando para ela fixamente.

– Lá fora, enquanto estávamos fechando, eu o vi em pé na porta da abadia. Por isso disse que a acompanharia, levando-a até sua casa.

Ele ficou em silêncio por um momento. Então falou:

– Não é da minha conta, mas se esse homem a está incomodando...

– Ele não está – disse ela, tão rispidamente que a mulher no balcão olhou por sobre o livro que lia.

Josh fez uma careta. Tomou um gole do chocolate quente e não disse mais nada.

Sulis sentiu-se mal. De repente, ficou sem saída, como um pássaro em uma gaiola na qual há barras para onde quer que ele tente se dirigir. Uma mulher entrou e pediu um café. A máquina de expresso ligou com um assobio e um ruído causado pelo vapor.

– Tudo bem. – Ela se sentou e o encarou. – Talvez ele esteja, mas isso não é tudo. Você me reconheceu, não foi? Na capa daquele livro.

Ele mexeu o chocolate. Por um momento, soube que ela tinha cometido um terrível engano.

Então, ele disse baixinho:

– Você não mudou tanto assim.

Ele a tinha reconhecido? Ou estava acobertando seu espanto? Ela disse:

– Escute, Josh. Não posso conversar aqui. Não posso lhe contar aqui. Preciso que você faça algo para mim. Vá lá embaixo e compre aquele livro.

Olhou fixamente para ela.

– Não tenho dinheiro para comprá-lo.

– Quero dizer, compre-o para mim.

Fuçou sua mala, tirou o dinheiro e empurrou para ele do outro lado da mesa.

– Eu não quero aquele livro lá. Não quero que as pessoas o vejam...

Josh colocou a colher na mesa. E, seja lá o que tenha visto no rosto dela, assustou-se ao olhá-la e disse:

– Você não quer que aquele cara o veja?

– Ninguém.

– Ele é algum tipo de repórter? Policial?

– Vou lhe contar! Prometo. Eu lhe explico tudo. Só vai lá, Josh, por favor! Agora, e tire-o da prateleira!

O pânico crescente em sua voz era claro, mesmo para ela. Empurrou a nota para mais perto dele. Ele a pegou. Levantou-se.

– Você vai me contar?

– Sim. Sim!

– Tudo bem. Espere aqui. Não vá a lugar algum.

– Não vou. Mas seja rápido.

Quando ele partiu, ela empurrou o chocolate para longe, arrepiada. E se o livro não estivesse mais lá? Se alguém o tivesse comprado? Deve ter ficado lá por dias, talvez semanas. E em outras lojas, por todo o país, havia milhares de cópias idênticas. Seu rosto fitava prateleira após prateleira.

Percebeu que estava se balançando levemente na cadeira.

Agora, porque havia feito aquilo, tinha de contar para ele. E se ela o fizesse, alguém mais viria a saber sobre Caitlin, ela e ele. A não ser que ela partisse, de uma vez. Esquecesse o emprego e apenas sumisse completamente.

Levantou-se, segurando seu casaco, mas Josh já estava de volta com uma sacola plástica na mão. Entregou a ela, que o enfiou em sua mala sem mesmo olhar para seu interior.

– Aqui está o troco.

– Guarde-o para você.

Passou por ele, empurrando-o.

– Tenho que ir.

– Eu vou com você.

– Josh...

– Eu vou com você. Você precisa me contar tudo sobre isso. Vamos, Sulis. Nós fizemos um trato.

Ela não podia argumentar. Eles saíram da loja só depois que Josh olhou cuidadosamente toda a extensão da rua; em seguida subiram a colina em silêncio debaixo do guarda-chuva grande dele. Quando eles viraram no Círculo e pararam ao lado da casa dela, ele ficou pasmado. Olhou para as janelas acima e assobiou.

– Você mora aqui?

Ela encolheu os ombros.

– Só um *flat*. Olhe, eu não posso te convidar para entrar agora, mas...

Ele olhou ao redor, para a perfeição do círculo de pedras, o anel de landes que o coroava. Então disse:

– Ok, ligarei para você amanhã. Nós vamos a algum lugar. Dez horas?

– Onde? – ela perguntou, percebendo que Hannah espreitava pela veneziana do andar de cima.

Ele se voltou, andando de costas pela calçada e com seu guarda-chuva gotejando ao redor dele.

– Espere e você verá.

Ela ficou em pé, parada, até ele sair do Círculo.

Então, subiu os degraus e tateou seu bolso, procurando a chave. Ao colocá-la no buraco da fechadura, as imagens entalhadas sobre a porta prenderam seus olhos. Uma era a de duas mãos segurando um aro. A outra, de uma cobra engolindo sua cauda.

ZAC

Confesso que me demorei ao lado da porta tentando passar sem ser percebido. Mas meu colete listrado chamaria a atenção de muitos olhares admirados.

Sou vaidoso, sei disso. É uma deficiência, confesso. Mas, mesmo assim, o escárnio de Sylvia me irritava. Naquela noite, enquanto eu saía sorrateiramente de casa e passava pela sala onde Forrest estava trabalhando, ela estava lá, sentada na escada me observando detidamente. Pôs uma das mãos em concha no canto da boca e sussurrou:

– Divirta-se, mestre *Peacock*.

Debochara de mim certamente. Meu colete. O pavão é uma criatura tola e desmiolada. Não sou tolo. Quaisquer que sejam os segredos de meu mestre, pretendo conhecer todos eles.

O SALÃO DE FESTAS GIBSON PARA CAVALHEIROS DE BOM GOSTO mostrou ser um prédio grande, florido, todo iluminado com lamparinas.

Entrei em meio a dois caldeirões cheios de brasas, onde carregadores de liteiras, uniformizados, aqueciam as mãos. Alguns pedintes mendigavam moedas dos bêbados cambaleantes.

Dentro do recinto, os cômodos eram quentes, abafados, e o bafo de tabaco e de álcool quase me sufocava. Os salões eram levemente decorados com muitos espelhos brilhantes. Quando o criado voltou, foi um alívio.

– A festa de lorde Compton é no Salão Dourado, senhor. Ele pede para que se junte a ele.

Levou-me por entre as mesas. Homens bem-vestidos que passavam seus dias banhando-se nas águas, por causa de seus problemas de gota, estavam pagando um preço muito alto por aquilo ali, fumando, girando os dados ou a bola na roleta, com grandes pilhas de moedas à frente. Parasitas e aproveitadores os instigavam a apostar. Garotas carregavam bandejas com guloseimas. Seus vestidos eram tão extravagantes quanto o de Sylvia. Eram todas rameiras pintadas, de olhos vigilantes, avaliando a riqueza de cada homem.

– Este é o salão, senhor.

– Obrigado, senhor.

Mirou a pequena moeda que passei para ele e inclinou-se com indiferença. A fragrância de seus cabelos impregnou minhas mangas.

– Então você veio, Zac.

Lorde Compton estava sentado a uma mesa de cartas com outros três jogadores. Sorriu e recostou-se.

– Sabia que viria.

Inclinei-me. O cachorro arrogante usou meu nome como se eu fosse um de seus empregados.

– Como poderia resistir?

Era um salão melhor que os outros. Um candelabro de cristal brilhante com dezenas de velas estalava acima. Um aparador estava carregado com pratos de frios e queijo. Cântaros com cerveja preta e garrafas de vinho tinto fino vislumbravam. Algumas das safras reconheci como sendo da adega de meu pai, com certeza todas vendidas recentemente. Eram imensamente caras.

Compton usava um roupão aveludado sobre sua camisa aberta e sua bermuda preta. Tinha bebido, mas até onde podia dizer, não estava bêbado. Acenou com uma mão.

– Você vai jogar, Zac.

Não era um pedido. Não me movi.

– Não jogo, meu senhor.

Soou totalmente inflexível, até mesmo para mim.

– Não estou surpreso.

Observou-me através da luz das velas. Uma loira veio por trás dele e inclinou-se sobre ele, dobrando seus ombros ao redor de seu pescoço. Deu tanta atenção a ela quanto daria a uma mosca.

– Deduzo que foi assim que seu pai perdeu toda a sua fortuna.

Ele sabia. Será que eu vacilei? Talvez minha mão tremesse, pois meu bastão de madeira bateu suavemente no chão. Tentei parecer calmo.

– Não é nenhum segredo.

– Jogar é uma espada de dois gumes.

Os olhos dele eram azuis e límpidos.

– Fez você perder tudo, mas nunca pensou em ganhar tudo de novo? Talvez este seja o momento e o lugar, Zac.

– Pensei que você estivesse me oferecendo um emprego. Caso contrário, vou dar boa-noite.

Virei-me, mas ele apenas riu.

– Você é orgulhoso demais para ser um construtor, garoto.

Eu voltei-me a ele, observando-o.

– Ou deveria dizer assistente de arquiteto? De qualquer maneira, não quer dizer muito. Especialmente para um preguiçoso como Forrest.

– Forrest é um gênio – falei rispidamente.

Para minha surpresa, balançou a cabeça.

– Talvez, talvez ele seja.

Ele já estava dando as cartas, e naquela mão deu cartas para mim também. Seus dedos batiam nas cartas quadradas habilmente. Um de seus camaradas já estava tão bêbado que a cabeça estava afundada nos braços, e roncava. Outro cambaleava para fora do salão. O terceiro, um jovem gordo cheio de espinhas, levantou-se e perambulava ao redor da comida.

– Deixem-me de fora, senhores – falou, engolindo as palavras. – Estou totalmente limpo. Totalmente limpo.

Lorde Compton sorriu. Juntou as cartas dele, olhou para elas e depois para mim.

– Joga, Zac, você não tem fortuna sobrando para perder.

O rosto atraente e liso dele tinha uma mancha bonita pintada embaixo de um dos seus olhos. A vaidade dele me irritava e ao mesmo tempo me fascinava. Pensei comigo mesmo, brevemente, quanto custaria para adquirir uma. Então, despi-me de minhas luvas e peguei as cartas.

Era uma mão muito boa.

Compton olhou para meu rosto.

– Bem, pareço estar um pouco sem sorte. Mas...

Inclinou-se e deslizou algumas moedas para o centro da mesa. Atrás dele, a porta bateu enquanto seu amigo gordo abandonava o recinto e, em companhia dele, uma garota dava risadinhas. No salão iluminado e quieto, somente as velas estalavam e o dorminhoco roncava. Sabia que aquele momento era um ponto decisivo, uma virada em minha vida. Podia me levantar e ir embora, ou podia tirar aquele dinheiro que tinha e pagar aquela aposta. Foi como se uma fenda abrisse no círculo de minha vida. Havia uma brecha pela qual eu podia escapar, se porventura a escolhesse. Olhei para cima. O sorriso dele me enfurecia. Tirei minha bolsa.

Uma hora depois, tirei meu casaco. Meus cabelos estavam emaranhados por onde minha mão passara. Olhei desesperadamente para a quadra de valetes em minha mão. Tentei focar no montão de papéis e moedas à minha frente. Quanto eu havia perdido? Quanto lhe havia prometido? As cartas escureceram. Senti calor, minha camisa grudava no encosto da cadeira. Tomei outro gole do vinho tinto. Era doce e abrasador. Fez-me sentir ousado. Compton tinha uma perna por sobre o braço da cadeira e sua cabeça jogada para trás. Olhou para o teto.

– Pelo amor de Deus, senhor, você está dentro ou fora?

Quatro valetes. Uma boa mão. A melhor mão da noite inteira.

Mas se eu pegasse outro vale...

– Quanto eu te devo?

Minha voz estava rouca.

Ele encolheu os ombros.

– Cinquenta, ou algo assim.

Cinquenta moedas de ouro. Eu não tinha isso. Eu nunca as teria. Ainda assim, essa era minha chance de quitar tudo.

Ganhar, sair e nunca mais cair naquela asneira infeliz de novo. Eu me odiava com um ódio violento. Detestava-o, assim como seu sorriso e suas roupas.

Peguei uma caneta e escrevi. Cem moedas de ouro.

– Você vai pedi-las ao seu mestre?

– Lógico.

Era uma mentira. Ambos sabíamos disso. Eu nunca pediria a Forrest. Não poderia aguentar sua ira e sua compaixão.

Compton encolheu os ombros. Estava espreguiçando tanto para trás que os pés da cadeira luxuosa vacilaram.

– Muito bem. Vamos ver sua mão. É melhor que seja boa, Zac.

Minha cabeça estava martelando. Minha boca, seca como giz. Meus dedos inseguros colocaram cada um dos meus valetes na mesa, e observei a fileira pequena, triunfante, que formavam.

– Aí estão eles, acho que não consegue ganhar deles, meu senhor.

Ele olhou para mim. Seus olhos eram muito límpidos.

– E se eu puder?

Ele estava blefando. Tinha de estar. Mesmo assim, um calafrio passou por mim.

– Então, estarei acabado.

Balançou a cabeça. Pegou uma carta e a colocou na mesa. Era um rei de copas.

– Eu sou muito bom com as cartas, Zac. Já pratiquei bastante.

Colocou o rei de paus na mesa.

– Passei a maior parte do meu tempo praticando em Oxford. Na verdade, tenho um diploma neste tópico.

A terceira carta foi virada. Sentei firme, observando aquilo. Era o rei de ouro.

Olhou para mim por cima da mesa bagunçada. As velas estavam totalmente derretidas. Gotas de cera zumbiam, derretidas das inúmeras velas de cima, respingavam no dinheiro.

– Devo virar a quarta carta, Zac? Devo destruí-lo?

Sua mão pairava por sobre a carta manchada.

– Ou devo dizer que perdi, e deixá-lo ir embora?

– Você pode não ter a carta.

– Eu tenho.

Encarei-o. Sua cadeira estava na posição correta agora. Estávamos face a face através do círculo de luz. Todo o resto do mundo era escuridão.

Não conseguia me segurar. Meu orgulho me queimava. Perder para ele seria insuportável, mas obter sua compaixão acabaria comigo.

– Não acredito em você – eu disse.

Ele permaneceu em silêncio. Os barulhos do salão ao lado pareciam distantes e remotos. Sabia que eu o havia enfurecido. Eu queria isso. E enquanto ele encolhia os ombros, virou a quarta carta. Por um momento, não senti nada. Então, um grande vazio, surdez e cegueira; como se o mundo tivesse se estreitado diante aquele quadriculado rei de espadas, segurando sua espada, firmemente.

– Veja, então, Zac.

Recostou-se na cadeira.

– Toda sua conversa corajosa não leva a lugar nenhum.

Por um momento, quis assassiná-lo. Agarrar o punhal em meu bastão e atravessá-lo, fugir pelas ruas e desaparecer. Mas eu havia sido visto por muitos. Teria de me matar também.

– É um mundo injusto este em que vivemos.

Os dedos dele com as unhas feitas pegaram as notas vagarosamente e as moedas, uma a uma.

– Lógico que não preciso do seu lastimável salário ou das cem moedas de ouro que você me deve.

Estava limpo, e ele sabia disso. Enchi um copo de vinho e o virei. O vinho queimava minha cabeça dolorida. O conforto dele trouxe calor ao meu rosto.

– Meus bolsos estão vazios e não tenho nada para pagá-lo.

Tentei ser rude. Na verdade, joguei meus dedos dentro de meu colete com um desprezo embriagado. Encontrei algo redondo alojado no forro. Retirei-o.

Joguei na mesa com desgosto.

– Seu pagamento, senhor.

Era a lande que havia pegado na Stanton Drew. Rolou de encontro às cartas e caiu sem se mexer.

Compton não riu. Em vez disso, recostou-se e olhou para mim. Examinou-me duramente. Disse:

– Talvez este seja o pagamento que eu aceite.

– O quê?

– O carvalho é a árvore dos druidas, creio eu. Seu mestre a tem em seu brasão.

– Forrest?

– Forrest.

Inclinou-se para a frente.

– Pelo pagamento, Zac, você pode me entregar Forrest. Rasgarei suas dívidas em pedaços perante sua face.

Sentei paralisado. Então, disse:

– Não entendo. O que ele tem que você não tenha?

Compton sorriu. Seus cabelos escuros permaneciam lisos e nem um pouco desarrumados, enquanto os meus estavam um emaranhado trágico.

Ele disse:

– Esse novo projeto...

– O Círculo.

– De fato me interessa.

– Mas você riu dele. Você não investiria...

– Não nos termos dele. Não para dividir com ele, Alleyn e aquele tolo Greye. Mas sozinho, sim. Construiria aquele círculo de pedra. Faria o mundo se virar e admirá-lo. O círculo de Compton. Quando houver construído um e o tornado o máximo da moda, construirei outros, em Londres, Edimburgo e Newcastle. E os aluguéis que cobrarei, Zac?! O mundo inteiro pagaria absurdos para morar lá. Porque, assim como você, reconheço uma ideia brilhante quando vejo uma.

Não conseguia acreditar naquilo. Meu cérebro embriagado vagueava.

– Mas eu não vejo o que eu...

Parei.

Balançou a cabeça.

– Sim, você vê. O Círculo de Forrest deve fracassar. A pedra tem de ser muito cara. Os construtores têm de deixá-lo na mão. Homens elegantes devem desprezá-lo.

Tomou um gole de seu copo.

– Já comecei a fazer isso ao falar sobre seu lar escandaloso. Sabia que ele receberia a garota. Ele é previsível.

– Você... Ela trabalha para você?

– Vamos dizer que a querida Sylvia fará qualquer coisa que fale para ela fazer. Sem investidores, Forrest ficará pressionado duramente para encontrar dinheiro. Não vai conseguir arcar com as despesas dos problemas encontrados. E haverá problemas, Zac. Acidentes ínfimos no local da construção. Problemas custosos.

Ele levantou seu copo.

– Você se certificará disso.

Levantei. Ou pelo menos tentei. Não era tão digno quanto eu desejava ser.

– Ele é meu mestre.

– Vamos. Você o despreza, não é verdade?

– Eu o... eu não...

– Você o despreza. Esta é sua chance de ficar livre. Forrest não precisa saber de nada. Você sabota o trabalho, ele se desespera e você sugere que ele venda o projeto. Aí você me informa quando ele estiver pronto. Quando tudo terminar, você vem trabalhar comigo, como meu arquiteto. Dois homens jovens construindo seus nomes.

Sorriu de modo malicioso.

– Seu pai será rico novamente.

O salão balançou.

Não tenho palavras. Tateei buscando meu casaco e bastão. Coloquei-os.

– Você não pode dizer não – disse tranquilamente.

Detive-me por um momento. Então cambaleei até a porta e a abri batendo em retirada, entre o barulho e a fumaça dos salões de reunião.

Suponho que andei até minha casa. Não tenho recordação do fato em si, ou até mesmo de ter subido as escadas. Mas devo ter feito isso, pois, quando abri meus olhos, estava espreguiçando em minha cama, com minha camisa, bermuda e uma dor de cabeça que me fez ofegar. Meu pescoço estava duro. Senti-me tão doente quanto um vira-lata depois de uma noite revirando o lixo da cidade. As cortinas eram largas, e o sol brilhava diretamente no meu rosto. Acho que devo ter gemido.

– Não me surpreende! – uma voz disse friamente.

Dei um jeito de virar minha cabeça. Forrest e Sylvia estavam em pé na porta do meu quarto. Meu mestre veio em minha direção e me menosprezou com seus braços cruzados.

– Deus, Zac, olha para o seu estado! Que tipo de assistente estou empregando?

Tentei falar. Um sussurro rachado saiu.

Forrest suspirou. Depois, virou para Sylvia e disse:

– Tenho de ir. Nesta manhã, começaremos com o transporte das pedras. Faça o possível para deixá-lo apresentável.

Ele estava a meio caminho de sair, quando falei em voz baixa e áspera:

– Espere!

Ele se virou.

– A pedra...

Minha garganta estava seca. Engoli.

– Você quer dizer que Ralph Alleyn ainda está...

– O mestre Alleyn é meu amigo de verdade. Está me vendendo as pedras, e suas carroças começarão a trazê-las colina abaixo, hoje.

Os olhos negros de Forrest me observavam. Percebi que ele estava trajado com seu casaco marrom mais antigo, para trabalhar.

– Eu disse que vou construir o Círculo, Zac, e pretendo assim fazê-lo. Agora, por favor, ponha-se de modo decente e me encontre no local da obra. Tenho algumas coisas para lhe dizer.

Deu uma olhadela para Sylvia e depois saiu andando. Ouvi o barulho que fazia ao descer correndo os degraus de madeira a caminho da rua.

Fechei meus olhos. Na escuridão da minha cabeça, faixas coloridas de luz brilhavam e me apunhalavam como facas em uma masmorra.

Quis me enrolar e morrer.

Depois de um tempo, a garota disse:

– Beba isto.

Recusei a me mover.

Disse:

– Beba, mestre *Peacock*. Ou rasteje lá fora e vomite. É uma coisa ou outra.

Descolei meus olhos. Ela estava segurando uma caneca de estanho. Estava horrorizado:

– Nunca, nunca mais.

– Não é vinho. Vai lhe fazer bem. Todos nós usávamos no Gibson's.

Na verdade, estava sentada em minha cama. Esforcei-me para sentar-me.

– Não preciso de sua ajuda.

Era uma mentira tão fajuta que nem me surpreendi com a risada dela. Então, agarrei a caneca e bebi.

– Meu Deus!

Passaram alguns minutos antes que pudesse falar.

– Que gosto estragado é esse?

Sylvia abraçava seus próprios joelhos no lugar em que estava assentada.

– Não vou lhe dizer. Você vomitaria.

– Então não me diga.

Estava tremendo. Enrolei-me nos lençóis.

– Beba tudo.

Ela, obviamente, achava que eu não conseguiria, mas bebi. Era totalmente, absolutamente, enlameado. Então, deitei-me e deixei o quarto flutuar para dentro e para fora da minha cabeça.

– Você foi ver Compton.

Não me mexi. Mas a acusação dela atravessou a neblina como uma punhalada de luz.

– Poderia tê-lo avisado para não ir. Aquele sujeito é imundo.

Abri meus olhos. Ela estava me observando com aquele olhar recatado que comecei a reconhecer nela. Seu rosto estava mais saciado, como se aqueles poucos dias de boa alimentação começassem a transformá-la. Algumas das erupções em seu rosto haviam desaparecido. Então, perguntei:

– Como você sabia?

– Você não é o único que lê anotações do bolso das pessoas.

Sentei-me aprumado, rapidamente, sequer me lembrando da dor.

– Oh, sim. Sei tudo sobre como anda espiando seu senhor.

Os olhos dela brilhavam zombeteiramente.

– O que Compton queria? Ele pôs suas garras em você?

Não tinha a intenção de contar nada a ela. Mas sentia-me tão doente que tive de falar.

– Jogamos cartas. Terminei lhe devendo dinheiro.

– Quanto?

– Mais do que jamais conseguirei pagar. Cem moedas de ouro.

Os olhos dela se dilataram. Compartilhamos de um momento assustador. Então, de algum modo, consegui encolher os ombros.

– Bem, preciso conseguir dinheiro.

– Conte a Forrest.

– Não! – Minha voz soava ríspida. – Nunca.

Levantou-se em meio ao barulho do seu vestido de seda, caminhou até a janela e a abriu. Uma rajada fria de ar entrou no quarto, juntamente com um assobio do cantarolar dos pássaros. Rapidamente me enrolei na roupa de cama.

Um pouco depois, disse:

– Ele lhe preparou uma armadilha, porque o observou junto de Forrest, o modo como andam juntos. Ele pensou provavelmente: "Esse garoto vai obter o que quero". E o que é, Zac? O que é que ele quer?

Em meio à escuridão dos cobertores, não consegui responder.

Em vez disso, disse:

– Compton disse que desprezo Forrest.

Ela riu.

– Então você o despreza, Zac *Peacock*?

– Pare de me chamar assim!

– Por quê? É verdade.

Ela se aproximou, tirou o cobertor do meu rosto. Vi que ela estava pálida de raiva.

– Dê uma boa olhada em si mesmo. Um mandrião, preguiçoso, vaidoso, que tem certeza de que o mundo lhe deve uma fortuna! Ainda assim, você ousa menosprezar Jonathan Forrest, um homem que vale dez de você.

– Eu não o desprezo. Respeito Forrest.

– Então, mostre.

Correu até a porta e virou-se.

– Você deve tudo a ele, assim como eu. Por que você acha que ele o emprega? Por causa de sua habilidade? Você não tem nenhuma! Por que seu pai lhe paga? Nada é pago por você, Zac, nem mesmo uma quantia mínima! Cook me disse que ninguém mais na cidade aceitaria qualquer aprendiz de graça. Que o abandono pague seu salário. Mestre Forrest aceita animais e pessoas sem dono pelo fato de ser um homem generoso e por saber o que é ser desprezado. Um gênio nunca é amado, mesmo quando seu desejo é apenas criar a beleza.

Ela agarrou a maçaneta da porta e respirou. Numa voz suave, disse:

– O que quer que Compton queira de você, tome cuidado. O refinado lorde é um rato de esgoto.

– Você já o conhece.

Consegui sentar-me no canto da cama. O quarto era de uma quietude desconfortável, mas percebi como ela olhava para mim. Seu olhar, rápido e feroz, era como de uma raposa. Ambos ficamos calados.

Por um momento, vi que poderia cuspir veneno nela, insultá-la por ser uma criatura de Compton, tão traidora quanto eu. Não sei por qual motivo não disse nada.

Ela empurrou um cacho de seus cabelos de volta à posição natural.

– Levante-se. O trabalho começa hoje. Temos de ajudá-lo, Zac. O Círculo é mais do que uma construção qualquer. Será seu trabalho perfeito.

– O que é o trabalho dele para você? De qualquer maneira, quem é você? Sylvia é realmente o seu nome?

Miramo-nos. Então, ela disse:

– Se eu lhe contar, você me desprezará.

– Não.

– Acho que sim.

– Ponha-me à prova.

Por um momento, achei que ela o faria. Então, a Sra. Hall a chamou. Gritou:

– Estou indo.

Virou-se. Sem olhar para mim, disse:

– Amanhã, talvez.

Quando já havia partido, fiquei só, embaixo do brilho do sol frio, com minha dor de cabeça intensa, com seu aroma de rosas, amargurando minha própria repugnância.

Bladud

Ser exilado e voltar a ser rei é algo estranho. Olhei para as terras com novos olhos. Vi suas formas e curvas. Alguns lugares eram poderosos e outros, amaldiçoados, como se os deuses tivessem deixado suas pegadas para trás.

Observei meu povo. Vieram de muito longe, além do horizonte, a pé, carregando carros ou em cavalos altos. Vieram com todo tipo de doença e enfermidade: cegos, loucos, com membros quebrados e enfeitiçados. Todos buscavam a cura de Sulis. Por algum tempo, tive receio de que a fonte pudesse nos decepcionar. Em tempos quentes, estive certo de que secaria. Mas ela nunca nos traiu.

As pessoas se esfregavam nas fontes quentes e bebiam sua água sulfurosa.

Fizeram uma estátua dela, de ramos e flores, depois de madeira e, por fim, de pedra.

Mas eu não estava contente. Fui tocado por mágica e tinha de retribuí-la. Queria esculpir minha alegria no mundo. Então fiz círculos. Na colina, fizemos um que era vasto e poderoso, anel dentro de anel, dentro de anel. Também coloquei uma lande naquele solo, que algum dia se tornaria uma árvore imponente. Ao redor da fonte, construí uma cidade dedicada a ela, com casas refinadas, um templo para sua imagem, de tal modo que o vale espinhoso se tornasse um lugar ilustre. Acendi uma fogueira em sua homenagem, que nunca se apagaria.

SULIS

Sulis estava preocupada com a vinda de Josh à sua casa, e Hannah deve ter percebido, pois, depois do café da manhã, perguntou:

– Está tudo bem?

– Sim, obrigada.

– Tenho um dia de folga também. Poderíamos ir às compras, se você quisesse.

Sulis franziu as sobrancelhas. Estava encurvada no assento da janela, na sala de estar ensolarada, virando com o polegar as páginas de um dos livros de Simon que falava sobre a cidade. Uma figura prendeu seus olhos. Voltou as páginas para encontrá-la.

– Não posso. Quero dizer, outro dia. Um amigo vai me chamar em alguns minutos.

– Alguém que eu conheça?

– Josh. Trabalha no museu.

As perguntas eram intrusivas, mas ela tentou não se chatear. Pelo contrário, encontrou a página e a abriu, alisando-a. Mostrava uma figura de três homens que usavam casacos e calças do século XVIII. Estavam reunidos ao redor de uma mesa. Um grupo formal, enrijecido, olhando diretamente para o visor. Diante deles, espalhavam-se engenhosamente canetas, pergaminhos, instrumentos de pesquisa e um modelo do Sol e da Lua. Uma grande planta do Círculo coberta com um triângulo e outros símbolos estranhos. Um dos homens na foto tinha seu dedo indicador tocando a planta, apontando para o centro vazio do Círculo. Será que era Jonathan Forrest?

Uma sombra na página do livro fez Sulis dar uma olhadela para cima. Hannah estava passando a caneca de chá de uma mão para a outra, ansiosamente. Seus cabelos estavam mais bagunçados do que nunca. Soprou um cacho de seus olhos.

– Não quero me intrometer, Su. Você sabe que, quando se diz amigo, você quer dizer namorado?

Sulis tentou não se encolher. Manteve seus olhos fixos na página.

– Não. Só porque ele é um garoto...

– Eu sei, acredite. Odeio perguntar, é só, você sabe, a situação.

Simon entrou:

– Que situação?

– Sulis fez um novo amigo. Josh. Ele está vindo aqui.

Um silêncio tomou o quarto. Sulis percebeu que seus dentes estavam rangendo de tensão. Relaxou e olhou para Simon. Tudo aquilo era ridículo.

– Se vocês quiserem, posso desmarcar. Não é tão importante assim...

Simon tinha seus braços cheios de arquivos e desenhos. Colocou-os na mesa cuidadosamente.

– Talvez precisemos conversar um pouquinho sobre isso.

– Por quê? Você disse para eu viver uma vida normal...

– Mas você deveria tê-lo mencionado para nós, Sulis. Não quero ser durão, mas devemos que ter cuidado.

– Ele não sabe nada sobre meu passado. Tem a minha idade. Tenho de lhes contar sobre todos com quem converso?

Sabia que soara defensiva, sua voz tinha se elevado com um tom lamurioso, em uma nota aguda.

Simon sentou-se em um assento perto dela.

– Claro que não.

– Bom.

Com o intuito de quebrar o embaraço, ela levantou o livro pesado e mostrou a ele.

– Olhe! Este aqui é Forrest?

Simon olhou para Hannah. Então, pegou o livro e olhou para ele. Sulis percebeu que ele estava sendo particularmente paciente, toda sua postura era respeitosamente cautelosa.

– Sim, é ele. Creio ser o único retrato conhecido dele. Você vê que ele está apontando para o centro do Círculo? Há uma história sobre ele querer um tipo de segredo esboçado ali. Mas o que quer que tenha sido, nunca fora completado. Havia apenas um reservatório de água. Dá para ver o telhado do reservatório ali, entre as árvores.

Ela olhou. O chão entre as diferentes superfícies estava espesso, coberto com folhas douradas. Simon seguiu seu olhar.

– Talvez não dê para ver agora. No verão. Este homem de vermelho era Ralph Alleyn, um mandachuva, dono das pedreiras. Muito rico.

– E ele?

Apontou para um garoto ao lado de Forrest.

– Zachariah Stoke, assistente de Forrest. Não consigo lembrar o que aconteceu com ele. Mas olhe, Sulis, você está certa de que este tal de Josh não sabe nada sobre você?

– Ele sabe que vocês são meus pais, que moramos aqui, que vou para a universidade ano que vem e só, ponto-final.

Estava acostumada a mentir, mas não gostava de mentir para eles. Eram de alguma maneira inocentes. Parecia que ela era mais velha do que eles. Gerações mais velha. De algum modo, ela assim o era, pois tinha visto a morte e o mal bem de perto, enquanto eles não.

Simon olhou para Hannah. Ela disse inteligentemente:

– Bem, sei que vai dar tudo certo. Aonde você vai?

– Não sei. Deixei-o decidir.

Sulis voltou a olhar para o livro. Percebeu a sacudidela de cabeça que Hannah deu para Simon. Ambos foram para a cozinha; depois de um tempo, dava para ouvir os sussurros da conversa deles.

Sulis olhou fixamente para a pintura, como se esta pudesse impedi-la de ouvi-los. Zachariah Stoke parecia ter sua idade. Tinha um ar orgulhoso e autoconfiante. Sua cabeça pendia para um dos lados, como se estivesse ouvindo alguém também, naquele cômodo distante. Talvez fosse um cômodo no Círculo, talvez este aqui. Era bonito e bem refinado; mas Forrest lhe interessava. O arquiteto tinha um rosto cheio de energia, de um entusiasmo feroz. Olhava para ela como se a desafiasse, como se houvesse algo que ele pudesse compartilhar com ela. Talvez, pensou, fosse pelo fato de ambos terem um único retrato que o mundo pudesse ver. Uma foto que os definiria para sempre.

– Foi assim que o pegaram – cochichou.

Havia certa tristeza que o rondava também, como se todas as coisas que amasse o houvessem decepcionado.

A campainha tocou.

Sulis olhou para cima. Sentiu uma repentina pontada em seus nervos, o que a irritou. Josh estava adiantado.

– Eu atendo.

Hannah saiu da cozinha.

– Não tem problema se ele subir?

– Ele vai ter de subir, ainda não estou pronta.

Colocou o livro na mesa e subiu para seu quarto às pressas.

Ao achar seu casaco e dinheiro, ouviu vozes no andar de baixo. Correu até lá e viu Josh em pé ao lado da janela, conversando com Simon, educadamente, sobre a vista do apartamento.

– Parece um pouco com um relógio – Josh dizia. – Um relógio de pedra.

– Bem, é verdade. O sol viaja ao redor dele. As sombras das árvores são como ponteiros escuros – Simon soava impressionado.

– Você é estudante?

– Fui, mas não agora. – Um tom tenso tomou a voz de Josh.

– Arquitetura?

– Arqueologia.

– É mesmo? Se você estiver interessado, há um projeto que está prestes a começar aqui no Círculo, e você poderia me ajudar. Não posso lhe prometer dinheiro...

Sulis disse:

– Você nunca me contou isso.

Simon virou-se.

– Eu ia contar-lhe, lógico. Não é exatamente o que poderíamos chamar de fascinante. Um novo dreno contra tempestades está programado para ser colocado lá no gramado. Vai de nosso porão, aproximadamente, até o outro lado. Então mexi alguns pauzinhos, e os empreiteiros ofereceram à Universidade a oportunidade de trabalhar ali, caso algo surgisse.

Josh então perguntou:

– Que tipo de coisas?

– Quem sabe? – Simon sorriu usando seu sorriso de palestrante. – Se você estiver interessado...

Sulis ficou irritada.

– Estou interessada.

– Oh! Quero dizer vocês dois, é lógico.

Hannah estava limpando a mesa do café.

– Parece um homem.

Sulis moveu-se até a porta. Tinha de tirar Josh dali.

– Preciso pegar meu telefone.

Puxou a manga da camisa dele.

– Vem. Vou lhe mostrar a vista lá de cima do telhado.

No quarto dela, abriu a janela, saiu por ela e assobiou.

– É incrível. Você já achou um caminho no telhado?

– Não, e você?

Ele pôs seu braço ao redor da lande de pedra.

– Estas coisas parecem menores lá de baixo. De qualquer maneira, por que landes?

– A coroa de Bladud, assim diz Simon. – Ela sorriu ironicamente. – *Simon diz.*

Josh riu. Parecia diferente hoje, ali no alto. Menos absorvido em si mesmo. Mais feliz. Sobre ele, o céu era de um azul límpido e frio. Era como se eles estivessem se elevado acima de suas vidas e, por um momento, estivessem livres.

Uma voz ecoou estranhamente distorcida. A fala era deturpada, com sílabas ásperas.

– Uma faísca – dizia – na combinação do tempo.

– O que é isso? – Josh se virou.

Ela suspirou.

– O ônibus de turistas.

Contornou a esquina, como fazia a cada hora, o ônibus vermelho de dois andares roncava seu motor vagarosamente pela rua circular.

– Eles olham para sua janela?

Josh sorriu ironicamente.

– Algumas vezes.

A explicação chegou até eles por uma mulher com o microfone, encapotada, usando um cachecol e um chapéu. Sua voz repercutia nas casas opostas à dela.

– ... a obra-prima de Jonathan Forrest, construída com base em uma teoria complexa e secreta. Trinta casas, em três seções diferentes, usando as três ordens da arquitetura. Foi iniciada em 1740. A pesquisa de Forrest sobre Stonehenge inspirou seu...

O ônibus veio em direção a eles, espantando as gralhas das árvores. Havia poucas pessoas no andar inferior dele, todos turistas estrangeiros, mas, no andar superior aberto, havia apenas um homem. Estava sentado no assento traseiro. Cobria-se do frio com um casaco e um cachecol enrolado bem apertado no pescoço.

Sulis olhou para ele. Será que era ele?

O pavor a paralisou. Josh estava falando algo, mas ela nem conseguia escutá-lo.

O homem tinha cabelos escuros, olhava para as casas que passavam, atentamente, hipnoticamente fascinado. Estava fazendo algo mais, discando um número no celular que segurava.

– Sulis?

Josh teve de se pôr em pé em frente a ela.

– Sou tão enfadonho assim?

– É ele.

Empurrou-o de lado, o que o fez cambalear e agarrar-se rapidamente a uma lande.

– Tome cuidado.

– É ele, eu sei. Lá, olhe!

Agarrou-o e virou-o.

– Na traseira do ônibus, sozinho.

Olhou. O ônibus se aproximou, vagarosamente, no mesmo nível deles. O homem levantou os olhos e olhou calmamente para eles.

– ... por favor, notem as imagens no friso sobre as colunas – a guia falava ao microfone em tom monótono e sonolento –, são símbolos do oculto e imagens desconhecidas, como se Forrest tivesse deixando uma mensagem para as gerações posteriores e que nunca foi decifrada...

O homem sorriu para ela.

Sulis não conseguia se mexer. Olharam-se. Estava no topo da torre, usando seu casaco vermelho, e Caitlin estava muito perto da borda, andando de lado em direção a ela, um passo por vez, dizendo:

– Está tudo bem. É bem seguro, olhe.

E Caitlin, de repente, era um menino dizendo:

– Você tem certeza de que é o mesmo homem? Acho que não é.

– Lógico, estou absolutamente convicta. Sonho com ele.

O homem pôs o celular em seu ouvido. Inclinou-se no assento, olhando para ela.

Seu telefone tocou.

O choque foi tão grande que deixou seu celular cair no chão. Fez um barulho e parou na borda estreita de pedra, escorregando até a beirada. Suas vibrações faziam-no tremer em círculos.

Josh rastejou.

– Eu pego.

– Não, por favor.

– Consigo alcançá-lo.

Seus dedos apalparam.

– É só...

Inclinou-se mais longe.

– Não.

– Está tudo bem. É seguro, olhe.

Colocou-se em pé atrás dele. O vento soprava, e as gralhas crocitavam e voavam ao redor dela. O homem tinha os olhos fixos nela. Estava tonta e tremia. Segurava firme o casaco de Josh, puxando-o. Queria gritar, mas as palavras estavam engasgadas em sua garganta.

Os dedos de Josh se aproximaram do telefone. Arrastou-o para mais perto.

– Se eu conseguir, apenas...

Estava sobre a beirada inclinada do telhado, e abaixo dele não havia nada.

– Caitlin.

Respirou.

– Não.

Josh se contorceu e escalou de volta para cima.

– Quem é Caitlin?

– Está morta – sussurrou.

De modo esquisito, fez que ia entregar o telefone.

– Você deveria atendê-lo.

– Não, ninguém conhece este número, a não ser Hannah e Simon.

Não conseguiu pegar o telefone das mãos de Josh. O ônibus passou por eles e ia em direção à saída do Círculo e, pelo vidro traseiro, ela ainda conseguia enxergá-lo, sentado. Nem mesmo virara a cabeça.

– Oi.

Josh tinha o telefone em seu ouvido e a olhava.

– Quem é?

Ela sabia quem era.

Observou atentamente o rosto de Josh, enquanto uma nuvem de gralhas barulhentas pousava nos telhados e nas árvores. Por um minuto, ficou sem expressão alguma.

Então, ele apertou o botão e devolveu-lhe o telefone.

– Ninguém do outro lado.

Olhou para a pequena tela do telefone que dizia "NÚMERO CONFIDENCIAL". Ficou tonta. Por um instante, sentiu que o mundo todo girava ao redor do sol, em círculos, tão rápido que ninguém conseguia perceber. Deu alguns passos de lado e bateu em uma lande. O sol cegava seus olhos. Não se lembrava de como entrara no quarto. Estava sentada na cama, e Josh, apoiado na cadeira.

Olhava para ela.

Ambos estavam em silêncio.

No quarto, persistia o silêncio. Então, Josh disse:

– Acho melhor a gente sair.

– Não! Vamos ficar aqui.

Engoliu a saliva.

– Vou contar tudo a você, mas aqui.

Não havia barulho no andar inferior. Simon provavelmente tinha ido trabalhar, e se Hannah tivesse gritado para avisar que estava de saída, nenhum dos dois a teria escutado. O quarto pequeno estava quieto e aquecido. A luz do sol fluía por seu interior.

Josh tirou o casaco e o jogou na cadeira.

– Podia matar uma xícara de chá!

Ela precisava falar. Disse:

– Aquela foto na capa do livro...

Inclinou-se, puxou uma gaveta, abrindo-a. Pegou o livro e jogou em cima da cama. Ambos olharam-no. Josh não o tocou. Disse:

– Essa Caitlin…

– Ela está aí também.

Ele inclinou-se para trás. Pegou um palhaço de madeira que estava em cima da mesa e puxou sua cordinha, fazendo-o desmoronar. Não disse nada.

De repente, o silêncio estava irritante e sabia que só suas palavras podiam quebrá-lo.

– Sulis não é meu nome verdadeiro. Nasci em Sheffield e morei lá com minha mãe, não a Hannah, mas minha mãe verdadeira, até os 7 anos. Tínhamos uma casa no interior, fora das redondezas da cidade. Era um tanto pequena e suja. Não pensava assim na época, mas acho isso agora.

Curvou-se na cama como se estivesse contando a história para si mesma. Não era difícil de fazê-lo, pois já tinha ensaiado várias vezes este momento. Momento que estava prestes a ser explicado.

– A minha vida era muito simples, e eu, uma criança humilde. Não tive pai, mas muitos não têm. Não tínhamos uma família completa. Que eu me lembre, minha mãe nunca mencionara os parentes. Fui para a escola primária e deveria estar na classe de admissão quando conheci Caitlin. Não me recordo de um tempo em que ela não estivesse presente. Na classe, sentava-se frequentemente ao meu lado. Havia um bando de crianças, mas ela era minha amiga. Você sabe como as meninas são nessa idade. Minha melhor amiga.

Fez o brinquedo desmoronar de novo e balançou a cabeça. Sentiu que ele não queria interrompê-la.

– Era engraçada e conversadeira. Falava um pouco alto. Estava sempre fazendo e falando coisas...

Se uma briga ou discussão estivesse acontecendo, certamente estaria envolvida. Sempre me puxava para segui-la. E eu a seguia. Era mais forte do que eu, sabia disso.

Encurvou-se mais ainda.

– Outras pessoas não gostavam dela. Minha mãe começou a dizer: "Aquela Caitlin...". Minha professora nos separou na sala de aula, mas sempre brincávamos juntas no pátio. Ela não podia mais ir à minha casa. Só a encontrava na escola. Éramos criancinhas comuns. Ficávamos encrencadas, mas só por coisas bobas. Estávamos fadadas a ser adolescentes comuns, se aquele dia trágico não tivesse existido.

Josh estava escutando, seus dedos ocupados com o brinquedo. Ela disse:

– Era uma manhã fria. Ensolarada, mas fria. Devia ser outono, pois as escolas voltavam às aulas. Tínhamos uma professora nova que não gostava da Caitlin. Houve um problema, não me recordo bem, uma discussão com alguma menina. Caitlin levou a culpa, perdeu a calma e bateu na outra criança. Foi levada à diretoria e sua mãe receberia uma carta sobre o ocorrido. Ficou muito triste. Naquele dia, na hora do almoço, estávamos no canto do *playground*. Suas costas estavam apoiadas na cerca de arame, seu rosto estava vermelho de tanto chorar, seus joelhos, levantados. Estava furiosa. "Não vou ficar aqui para gritarem comigo de novo", falou Caitlin. "Vou embora. Você vem comigo?"

– Acho que não queria ir. Continuou: – Não o teria feito sozinha, mas assim era Caitlin. Você tinha de ir atrás dela. Obrigava todos a segui-la. Rastejamos, passamos pelas cozinheiras e contornamos o estacionamento. Havia um muro o qual pulamos com facilidade. Lembro que estávamos a duas ruas de distância, em um beco, quando ouvimos o sinal da escola tocar. Pensei que estava perdendo a aula de educação física, o que me fez ficar bem contente.

Sulis olhou para cima.

– Desculpe, tudo isso...

– Estou interessado, continue.

Havia deixado o brinquedo de lado. Agora não estava mexendo em nada. Seus olhos estavam fixos nela.

Olhou para outra direção.

– Nunca tínhamos saído sozinhas antes. Pelo menos eu, nunca. Conhecíamos algumas ruas, mas, além delas, tudo era novo. Vimos carros, uma faixa de pedestres e depois um ponto de ônibus. Um ônibus se aproximou, e Caitlin disse para subirmos nele. Não tínhamos dinheiro. Havia uma multidão de mulheres. Subimos e sentamos juntamente com elas, inocentes. Acho que todas pensavam que éramos filhas de alguém do grupo. O ônibus andou pelo interior, por quilômetros. Passamos bosques, campos, e então entramos em outra cidade. Descemos do ônibus e saímos correndo. Não estávamos nem aí. Pelo menos, não ainda. Descemos algumas ruas e achamos um parque grande. Brincamos nos balanços e corremos ao redor de um lago pequeno que havia ali. Foi muito divertido no começo. Não sei quanto tempo levou para percebermos que estávamos perdidas. Estava frio. Sentíamos fome.

Sulis olhou para cima novamente.

– As pessoas dizem para as crianças não conversarem com estranhos. Todos eram estranhos à nossa volta. De repente, percebemos isso. Não havia nenhum policial, bombeiro ou mulheres vestidas de enfermeiras, como naqueles livros de literatura infantil. Nenhuma senhora mais velha levava o cachorro para passear. Já escurecia. Os galhos das árvores eram negros em relação ao céu, e as luzes da rua estavam todas cor de laranja. Lembro-me disso. Estava ficando escuro. Também me lembro de como os pássaros me assustavam. Bandos deles mergulhavam nas árvores e grasnavam. Então eu o vi. Estava sentado em um banco do parque. Parecia uma pessoa legal. Acho que estava observando os pássaros, pelo menos imaginei. É difícil distinguir lembrança de imaginação, ou até mesmo o que outras pessoas sussurram em seu ouvido. Já li todos os recortes de notícias sobre o ocorrido e, por esse motivo, todos os comentários dos jornais estão na minha cabeça também.

– Você conversou com ele?

– Caitlin, sim. Sempre foi a mais corajosa. Recuei. Não sei o que ela disse, mas ele se levantou e andou em nossa direção. Parecia bem alto. Ele se abaixou para falar conosco. De perto, estava bem sujo. Quero dizer, fedido. Percebemos que as roupas dele eram velhas. Carregava um tipo de doença consigo. Foi o que pensei. Provavelmente, eram feridas. De qualquer maneira, gritamos e corremos.

Ela ficou em silêncio por um tempo tão longo que Josh ouviu o ônibus de turistas, outra vez, contornar o Círculo infindável. Quando falou novamente, sua voz estava mais baixa.

– Ele nos perseguiu pelo gramado e depois por um tipo de ladeira. Estávamos aterrorizadas. Gritou, mas não paramos. Havia um prédio à nossa frente, alto e redondo. Havia uma porta nele. Abrimos e entramos. Fechamos a porta com um empurrão e sentamos ali no escuro. Estávamos agarradas uma à outra, ofegantes, sem fôlego e paralisadas de medo. Pensávamos que ele estava vindo atrás de nós. Demoramos horas para pararmos de soluçar e tremer e, finalmente, acharmos que estávamos seguras. Então, Caitlin sussurrou para mim que deveríamos voltar. Eu não queria, mas ela me forçou. Tentamos abrir a porta. Não conseguimos.

– Estava trancada?

– Acho que emperrada. Era uma porta de madeira grande e velha. Mal alcançávamos a maçaneta, muito menos conseguir virá-la. Batemos, gritamos. Berramos. Esquecemos que o homem poderia estar lá fora ainda. Não nos importávamos mais. Tudo que eu queria era minha mãe. Estar segura. Em casa. Aquecida. Mas ninguém apareceu.

Josh balançou a cabeça.

– Deve ter sido bem difícil.

– Tínhamos apenas 7 anos. Achávamos que morreríamos ali. Pensei que nunca mais veria de novo minha casa, meus brinquedos e minha escola. De certo modo, estava certa, pois nada foi como antes depois do acontecido.

Sulis rolou na cama e sentou-se. Arrumou os cabelos.

– De qualquer modo, depois de um tempo, Caitlin teve uma ideia. "Vamos subir as escadas", disse. Subimos. Os degraus estavam molhados e escorregadios, formavam círculos, como degraus de um castelo. Certa vez, um de meus pais adotivos me levou para um castelo, quase desmaiei. Não podia subi-los. A escuridão, o cheiro úmido, o limo nas paredes eram exatamente os mesmos daquele prédio. Nossa respiração ecoava lá dentro. Estava escuro. Havia teias e aranhas horripilantes. Não havia janelas. Subimos os degraus até nossas pernas ficarem doloridas. Encontramos outra porta dura. Conseguimos abri-la. Havia uma sala. Vazia, apenas com alguns sacos velhos e um pouco de lixo no canto. Havia uma porta de ferro pequeno na parede. Um tipo de porta levadiça. O vento passava através dele. Corremos, puxamos e o empurramos com força. Estava branco de cocô dos passarinhos. Abrimos. O vento, numa rajada veloz, entrou nesse momento. Havia lá fora um telhado quadrado e pequeno com um parapeito quebrado. Os jornais posteriormente o denominaram inútil. Inútil!

Sorriu balançando a cabeça.

– Brincadeira!

Josh permanecia imóvel.

– Sulis, você não precisa...

– Quero lhe falar. Já consegui até aqui. Não quero que você leia a história em um desses livros desprezíveis. Quero que você saiba o que realmente aconteceu.

Tinha de continuar falando. Se parasse, talvez nunca mais conseguisse chegar tão longe assim. Ela mesma precisava saber o que tinha acontecido. Era uma história que nunca se permitira lembrar até o fim, a não ser quando não conseguia se controlar, em sonhos, quando aumentava de tamanho e se apresentava com rostos grotescos e palavras distorcidas.

Falava rapidamente agora. Monotonamente.

– Não sabíamos o que fazer. Estávamos em um lugar tão alto! Abaixo de nós havia o parque e o lago. Tudo era tão escuro e quieto! As árvores e o mato eram negros. Eram como uma floresta em um conto de fadas. Um local onde bruxas moram. Começou a chover granizo. Soluçávamos fortemente.

Balançou a cabeça e limpou a garganta.

– Pessoas devem ter sentido sua falta.

– Sim, sentiram. Quando nenhuma de nós duas apareceu em nossas casas, nossas mães ficaram preocupadas. Depois, entraram em pânico. Por volta das cinco da tarde, a polícia foi acionada e começou a nos procurar. Era uma noite congelante. O que ninguém conseguia imaginar era o quão longe tínhamos ido. Imagina aquela viagem de ônibus que fizemos. Depois, soube que estávamos a dez milhas de distância da minha casa. Todos estavam nos procurando no lugar errado.

– O que você fez?

– Permanecemos em pé ali.

– E depois?

Ficou em silêncio por um momento. Então, continuou:

– Ele apareceu. O mendigo. Ouvimos seus passos atrás de nós. Acho que subiu as escadas. Passou por baixo da grade de metal e disse: "Não há como descer daqui, menininhas. A não ser que consigam voar".

Zac

Os vagões de trilho de Alleyn são uma maravilha. As pedras são trazidas das pedreiras dentro deles, por um trilho íngreme de madeira até o rio, impulsionado por nada além da gravidade.

Os gritos dos homens e das pessoas que os puxam podem ser ouvidos pela cidade.

No cais, os blocos ainda brutos são movidos por forças humanas para a linha de vagões, que constantemente fazem barulho com suas rodas pelas ruas até chegarem aqui no local da construção. Nunca havia visto uma indústria assim. Espanta-me e de certo modo até me humilha. Os trabalhadores são criaturas de fazendas e vilas da redondeza. Trabalham tão duro como animais. Como se o trabalho fosse o âmago de suas vidas: arrastar, levantar, moldar, esculpir e cortar pedras.

Talvez sejam descendentes dos construtores de Stonehenge. Forrest assim o diria, estou certo disto.

Seria uma pena que a indústria deles fosse destruída por mim.

Tinha um abrigo na construção em que trabalhava. Lógico que não somos construtores. Somos arquitetos e cavalheiros. Os empreiteiros são homens tão brutos como seus trabalhadores. Cada um é responsável por um número determinado de casas. Ajustam o interior delas de acordo com o desejo de seus compradores. Aquelas que são vendidas.

O que supervisionamos era mais importante: as fachadas, a própria forma do Círculo.

Tenho uma bancada, um banquinho e um pouco de fogo em um braseiro para manter meus pés aquecidos, ainda que o tempo fique ameno. Tenho um frasco de vinho na gaveta. Ao tomá-lo, observei os trabalhadores e pensei em Sylvia. Ontem, contou-me sua história, titubeando, por meio de sentenças quebradas. Eu disse pouco. Não queria impedi-la. Mesmo assim, muitas coisas ela não mencionara. Soube que seu nome era falso, pois admitira isso, mas nem uma vez chegou a citar o verdadeiro. E a vila que mencionara no norte pode até mesmo não existir. Mas sua fuga com um amigo, sua aventura aqui em Aquae Sulis, seu envolvimento com os vícios e os jogos no Gilbert's, ora, isso sim é uma história antiga. Perdeu todo seu dinheiro, teve de trabalhar pelo seu sustento até Forrest resgatá-la. Estava numa situação pior que a sujeira da rua. Agora, nega entusiasticamente que trabalhe para Compton. Detesta-o, raramente sai às ruas com receio de encontrá-lo ou a qualquer um dos vagabundos da cidade. Certamente, meu lorde é mentiroso. Mas imagino se ela, assim como eu, esteja servindo como instrumento dele para destruir o sucesso do Círculo, até mesmo sem saber disso. Sua presença na casa prejudica Forrest.

Forrest estava no local da obra, seus projetos espalhados na mesa, expostos ao vento. Observava-o apontando, gesticulando e dando ordens cuidadosamente.

Poderia ele estar apaixonado por ela?

Ele tem idade para ser seu pai.

Poderia ser apenas gentileza? Algo tão simples?

George Fisher, um carpinteiro, entrou.

– O mestre quer vê-lo.

Nesses dias, eles nem mais me chamam "senhor". Levantei-me, bati o pó de minha roupa e fui até ele.

O local da obra era uma confusão de barulhos. De escavação, do bater de martelos, do ranger de dentes provenientes do metal arranhando as pedras.

Apesar do meu lenço, a poeira era soprada em meu rosto e em minhas narinas.

Forrest se virou conforme me aproximei.

– Zac. Morris relatou mais roubos durante a noite. Ferramentas foram levadas, e uma armação de madeira, queimada.

Forjei um olhar espantado. Mas pensei: *Para isso Compton precisa de mim, para conseguir gerar seu caos.*

– E os vigias da noite?

– Não viram nada. Mas aqui, entre mim e você, acho que eles são pagos para não verem nada.

Golpeou a mesa com seu punho, e pude ver a raiva tomá-lo.

– Por que fazem isso comigo? Não conseguem ver a maravilha deste lugar? A beleza de sua forma?

– Talvez tenham ouvido rumores de jogos e gladiadores.

Senti-me culpado e, por isso, minha voz talvez tenha saído sedosa e afiada como uma agulha.

Olhou-me fixamente.

– Tudo foi esquecido e você sabe disso. Já sofri zombarias suficientes da parte de lorde Compton sem você precisar me lembrar delas. Não posso mais arcar com essas perdas, Zac. Estou absolutamente sem dinheiro.

Parecia cansado. Havia manchas escuras sob seus olhos. Trabalhou por duas noites seguidas e, mesmo assim, tarde da noite anterior, nas horas mais negras, saiu de casa acompanhado de dois desconhecidos, não regressando até o amanhecer. Mais daquele mistério de Oroboros.

Então, sugeri:

– Podemos economizar.

– Não vou. Esta estrutura vai permanecer em pé por muito tempo, depois de ambos morrermos. Não serei lembrado como uma pessoa sovina.

Encolhi meus ombros.

– As colunas de pedra devem ser mantidas, sim, mas existem alguns aspectos do projeto que você poderia omitir sem comprometê-lo. As landes de pedras, por exemplo. Não há propósito nelas. Nem tenho certeza de que não vão prejudicar a pureza da construção. E ainda há essas métopes.

Em alta voz, fez um juramento enfurecido de um lado para o outro, ignorando os olhares dos trabalhadores.

– As métopes são parte de um todo! As landes importam, sim. Não irei comprometer meu trabalho, senhor, mesmo que tenha de vender tudo que possuo.

Essas métopes são esquisitas, meros emblemas e figuras em pedra. Selecionou algumas de livros estrangeiros e outras desenhou pessoalmente. São símbolos alquímicos, planos secretos: um rosto de Janus, com um lado masculino e feminino; um carvalho; colmeias e duas mãos quebrando um anel. A pintura deles se estenderá por todo o redor do círculo, em frisos. Mas o que os compradores das casas farão com tais imagens em suas propriedades? *E as landes?*

Friamente me afastei de sua ira.

– Bem, senhor, talvez você possa pedir a ajuda a seus amigos secretos.

Parou. Algumas vezes, ele parecia como uma marionete em minhas mãos. Sabia exatamente o que iria dizer.

– Que amigos secretos?

– A sociedade Oroboros, ou qualquer que seja o nome com o qual se intitulem.

Eu o conheço? Olhou fixamente para mim por um tempo tão longo que quase me assustei, então sorriu. Um silêncio se fez entre nós em meio ao barulho do cortar de pedras e o dos vagões.

– Bem, Zac. Vigie cuidadosamente.

Senti-me desajeitado.

Eu os vi em Stanton Drew, como já se sabe. Sei que existem muitas ordens secretas. Maçons, sociedades druídicas, clubes de homens eruditos.

Seus olhos escuros ainda me agarravam.

– Então você saberá que seus membros não podem discutir seus segredos.

– De fato, senhor, mas estou certo de que, se um de seus membros precisa de ajuda, seja ela qual for, seus codruídas, ou como quer que se denominem, irão assisti-lo.

Veio a mim que os emblemas no friso pertenciam a esse grupo, então permaneci em silêncio.

Quando voltou a falar, surpreendeu-me, dizendo:

– Você se mostra um homem bom ao pensar em meu bem-estar, Zac. Agradeço.

– Eu! Mas eu...

– Você pode manter seus modos altivos, mas consigo ver seu verdadeiro eu. Machuca-me em meu âmago sugerir-me que corte as landes de meu projeto e, agora, tenta oferecer-me conforto!

Aproximou-se de mim e pôs suas duas mãos sobre meus ombros.

– Você é leal, Zac, apesar de sua fanfarrice, sei que, assim como eu, sonha com o Círculo. Superaremos esses problemas. O Círculo será seu memorial, assim como o meu.

Um dos homens o chamou para longe; foi. Olhei para suas costas. Ele não fora sarcástico. Nem sabia o significado da palavra! Por um momento, fiquei em meio ao barulho, então deixei o local da obra furiosamente.

Por que teve de dizer aquilo? *Lealdade?* O que sabia sobre minha lealdade? Nunca fui leal a ninguém, a não ser a mim mesmo.

Desci andando até a cidade. Vergonha e ira enchiam-me. A dívida com Compton era como um fardo em minhas costas. Cem guinéus! Na verdade, poderia até ser mil, estava arruinado, sabia disso.

Era com Forrest que estava nervoso, enquanto andava a passos largos pelos becos estreitos e sujos. Ele podia ser um gênio, mas tal homem não poderia ser tão ingênuo. Tão tolo!

Afinal de contas, eu não devia nada a ele.

As palavras zombeteiras de Sylvia eram tolice de garotas. Qualquer um teria me aceito como aprendiz, com salário ou sem. Fui escolarizado e sou filho de um cavalheiro. Em todos os lugares, arquitetos agarrariam esta chance.

Não me importaria com Forrest. Era gentil apenas quando lhe interessava, um cego pelo estrelato de suas obsessões. Sua tolice druídica nos fazia a todos de tolos. Acabei saindo no terreno ao redor da Abadia. À minha direita, o prédio gótico se erguia imponentemente com sua fachada enegrecida que mostrava as escadas duplicadas de pedra que levavam ao céu, onde anjos as escalavam. Parei para recobrar meu fôlego e atentei-me para elas.

Quem quer que as tenha projetado também era um homem genial, mas quem se recordava dele agora? Senhoras e senhores passeavam sob sua abóboda de ventilação, janelas grandes, e maravilhavam-se com as obras de pedra. Nunca pensavam em quem as havia construído. Pedras permanecem, homens morrem. É assim que as coisas são. Isso é o que o Círculo significava.

– Bom dia, mestre Stoke.

Virei apressadamente.

Dois homens e uma senhora estavam em pé ali. Ela usava um vestido de seda vermelho que deveria ter custado mundos e fundos. Um dos homens era Ralph Alleyn.

– Mestre Alleyn – disse eu.

– Permita-me apresentá-lo o senhor John Douglas. Senhora Douglas, este é o assistente de meu amigo Forrest, mestre Zachariah Stoke.

Todos nos curvamos elegantemente. *Assistente de Forrest*, pensei. Não mais do que isso.

– Você deve estar bem ocupado no local da obra.

Alleyn veio, tomou meu braço e andamos em direção aos banhos.

– Desde que o chão foi nivelado, as coisas têm se movido rapidamente. A primeira terça parte da fachada já está começada.

– John vai construí-la por seções?

– Esta é a ideia.

Balançou a cabeça e permaneceu em pé com uma pose elegante em meio à luz do sol. Ouvi o assobio de seu casaco brocado. Pensei: *ele é rico, tente com ele.*

Eu disse:

– As coisas não estão bem, senhor. Houve roubos, destruições deliberadas. Pequenas, mas desagradáveis.

Ele franziu as sobrancelhas, sinalizando para que seus amigos continuassem a caminhar. Vi moverem-se rapidamente para dentro da Abadia.

– Sim, escutei, mas não há de ser nada, Zac. Sempre existem ladrões de obras. John sabe disso.

Balançou a cabeça de tal modo que a peruca prateada refinada espalhou um pouco de talco.

– Falarei com ele, mas creio não haver nenhum problema com as pedras, presumo?

– As pedras estão perfeitas – suspirei. – Mestre Alleyn, se me permite, é que, por minha própria conta, estou com uma pequena dificuldade.

Não gostei do olhar que me deu. Era bem direto, e seus olhos eram pesados.

– Dificuldade?

Ri. Uma tentativa ineficaz.

– Dinheiro, senhor. O senhor sabe que um cavalheiro tem obrigações. Cogito se poderia possivelmente...

Segurou-me pelas mangas e me arrastou para a cobertura da casa de banho. Por sobre o muro, ouviam-se os esguichos de água quente e os berros dos aflitos parecendo miados. Ele disse:

– Não fale comigo como em algum livro de etiqueta, rapaz. Você quer me dizer que andou apostando e que agora está com uma dívida?

Puxei meu braço e me soltei. Nunca o havia ouvido falar de modo tão áspero. Levantei meu queixo.

– Uma vez. Apenas uma vez. Infelizmente eu...

– Quanto?

– Senhor?

– Não finja ser um tolo, garoto, quanto você está devendo?

Abri minha boca, mas as palavras saíram como em um murmúrio taciturno.

– Cem guinéus.

Pensava que ele fosse um homem brando. Agora percebia que estava errado. Olhou-me com um olhar fixo, capaz de despedaçar pedras.

– Alertei John para não contratá-lo, você sabia disso? Mas ele riu e disse: "Vamos dar uma chance ao garoto, Ralph". E é assim que você retribui a ele?! Digo, senhor, você me enche de desgosto. Forrest trabalha até exaurir-se, sua genialidade é zombada por tolos e até mesmo seu aprendiz se mostra um patife. Se eu ouvir que foi dado falta de dinheiro na casa dele, eu vou...

Movi-me rapidamente para trás.

– Jamais faria isso, jamais!

– Acho que você poderia fazer bem mais do que isso.

Olhamo-nos. Transeuntes viraram suas cabeças, curiosos. Alleyn disse:

– Para quem você está devendo?

– Não posso lhe dizer isso.

E não o faria, estava fervendo de raiva. Olhei-o e disse:

– Esqueça que pedi a você. Conseguirei o dinheiro por conta própria.

– John sabe disso?

– Não conte para ele, senhor. Eu lhe peço.

– Não contarei para ele, *ainda*. Vou lhe dar isto.

Rabiscou algo em um cartão, entregou-o a mim e disse:

– O endereço de um empresário de boa reputação. Não de um homem desprezível. Ele lhe emprestará o dinheiro com uma porcentagem mínima de juros em meu nome.

Empurrou-o em minha mão e continuou.

– Mas eu juro, Zac, nunca mais farei isso novamente. E não faço por você, mas para meu bom amigo, que teve o azar de ser gentil com desonestos ingratos.

Não se curvou. Só se virou e partiu.

Fiquei em pé segurando meu bastão no meio da praça, o papel que me dera amassou-se em minha mão. Meu rosto ardia. Estava certo de que todos na rua me olhavam, mas não conseguia me mover.

Uma fúria bruta fez minhas mãos tremerem. Pouco depois, levantei minha cabeça, andei com um equilíbrio exagerado até o muro, olhei sobre ele para os banhistas. Mal podia vê-los. O vapor das termas quentes subia no ar de outono. Olhei fixamente para uma mulher obesa e o homem que sofria de gota como se fosse matá-los. Que tipo de mundo era este? Lá, na banheira descoberta, pedintes, mulheres vulgares e tolos pustulentos agachavam-se juntamente numa sujeira, esperando a cura das doenças que trouxeram sobre si mesmos, merecidamente. Odiava a todos. Odiava o mundo inteiro.

Como poderia pagar juros? Ele não conseguia ver que eu estava desesperado? Estreitei meus olhos e conjurei suavemente. Naquele momento, percebi o que iria fazer. Olhei para o nome no papel, amassei e atirei-o no banho quente. Que Sulis o receba como uma oferta. Virei e andei rapidamente, movendo-me por entre os becos. Depois, corri.

Subi a ladeira da cidade, passando por casas inclinadas, obras de terraços novos e elegantes, lojas, salões de jogos, salas de reuniões, barracas do mercado, por estruturas antigas entrelaçadas e prestes a cair, por ruas graciosas do presente, por liteiras e carruagens, entre os balaústres negros de ferro, por empregadas esfregando os degraus, bebidas fermentada de um carrinho de carga e dois galos brigando na estrada.

Corri para o meu lar, para a casa de Forrest, abri a porta, entrei sorrateiramente e escutei. Da cozinha, a voz da Sra. Hall soava monotonamente. Deveria estar conversando com Sylvia. Arrastei-me pelas escadas, entrei matreiramente na sala de trabalho de Forrest e fechei a porta sem fazer barulho.

Cuidadosamente, sobre as tábuas que rangiam, tirei meus sapatos e, com passos surdos, passei pelo grande modelo do Círculo. Por um momento de fúria e ardor, fiquei tentado esmagá-lo e deixá-lo em estilhaços, mas isso não seria nada. Faria algo muito pior. Veria aquela promissória rasgada na frente de meus olhos, vingar-me-ia do gentil apadrinhamento de Forrest e de seu amigo presunçoso que ousou me olhar com desprezo.

Sua escrivaninha estava cheia de lixo, papéis amassados de plantas, diagramas, anotações de um novo manuscrito, livros de geometria e alquimia, ferramentas, linhas, canetas e tintas.

Encontrei os projetos do mestre para o Círculo. Acendendo a lamparina, olhei para a luz do céu e percebi que a luz da tarde já estava minguando. Logo estaria escuro. Não tinha muito tempo. Escolhi uma caneta e sentei-me, puxando as plantas em minha direção.

Fiz uma cópia, mas não perfeita. Suas mudanças seriam mínimas, ninguém as perceberia. Medidas imprecisas, colunas um pouco longe, à esquerda, ombreiras das portas desalinhadas. Coisas pequenas. Talvez nem Forrest viesse a notá-las, a não ser quando estivessem terminadas, mas ali elas estariam disformes. Se assim fossem construídas, acabariam com a harmonia e a perfeição do Círculo.

Balancei a cabeça, severamente, enquanto minha caneta afundava na tinta. A proporção era tudo. Esta era a mágica, e eu a distorceria. E sempre, daquele dia em diante, os olhos dos espectadores não se agradariam, mas incansavelmente pairariam ao redor do círculo de casas, sem saber ao certo o que estaria errado. O que estaria assimétrico e fora do lugar.

Deixaria minha própria marca para o mundo ver. Como um anjo das trevas, traria discórdia ao paraíso. Faria Forrest, Compton, Alleyn e todos os outros se enforcarem.

Trabalhei por uma hora. Quando, por fim, me assentei, olhei ao meu redor e vi que a noite chegara.

O quarto estava escuro, luzia apenas o facho de luz sobre a escrivaninha. A última coisa que fiz foi redesenhar uma das métopes.

Em vez da árvore erguendo-se proeminente, desenhei-a caída, destruída por um raio.

Mais tarde, em meu quarto no sótão, deitei-me em minha cama e ouvi os sons da casa, Forrest entrando e gritando e Sylvia dando-lhe boas-vindas. Do lado de fora de minha janela, gralhas perturbavam e riam. Lembrei-me dos pássaros presos naquele cômodo, como haviam se arremessado tolamente contra as janelas, como quebravam seus próprios pescoços em pânico, medo e estupidez.

De súbito, senti um terrível pavor, uma sensação de que estava fazendo a mesma coisa ou caindo de uma altura enorme.

Bladud

Para construir uma obra-prima, o homem primeiro deve aprender sobre a terra. Deve descobrir os segredos de como cercar espaços, porque isso controla o comportamento das pessoas. Pássaros são livres, vivem em uma atmosfera sem limites, mas os homens são regidos por muros, corredores, ruas e estradas. Se forem projetados em harmonia, assim também estarão as pessoas.

O arquiteto é um mágico e um rei.

Por isso, viajei e estudei. Vi Troia, Jerusalém e Avalon.

Prostrei-me perante Apolo. Medi o templo de Salomão. Velejei para além do Vento do Norte. Sempre procurei a forma perfeita, o conhecimento e o poder de suas proporções.

Tudo eu fiz por estar determinado a construir o maior edifício em toda a Logria. Um edifício que seria conhecido para todo sempre. Uma onda na piscina do tempo.

Sulis

A chaleira ferveu e assobiou, desligando-se automaticamente. Josh a levantou e colocou a água fervendo dentro do bule de chá. Mexeu e o colocou em uma bandeja, acompanhado de açúcar e de duas canecas listradas. Carregou tudo cuidadosamente até o quarto.

– Sua cozinha é maluca!

Sulis balançou a cabeça.

– É Hannah. Ela está nessa onda de ervas, esmaga seus próprios condimentos e cultiva essas coisas esquisitas em vasos. Simon apenas come. Diz que nunca se deve perguntar o que é.

Ela o observou sentar-se no assento perto da janela.

– Em minha última casa, havia apenas comida pronta, então isso faz uma diferença enorme.

Tiveram de descer para fazer um chá, pois lá em cima o tom da conversa era demasiado pesado. Agora, segurando a caneca e retorcendo seus joelhos sobre o sofá, Sulis percebeu que contar sua história era uma imensa provação para si, mas não para ele. Para Josh, era apenas a vida de outra pessoa, com aquela sutileza de sentimento de que "realmente não é meu problema".

Nunca importaria para ele como importava para ela. Haveria minutos e horas, até mesmo este, em que se esqueceria completamente deste acontecimento.

Então ele disse:

– Devemos sair. É mais fácil conversar dando uma volta. Jogar minigolfe. Alimentar os patos.

Sulis balançou a cabeça. Por um momento, o silêncio da casa permaneceu entre eles. Atrás dele, pela janela, ela via a perfeição rítmica da fachada oposta. Disse:

– Caitlin sempre teve atração por pássaros. Corria ao redor do *playground* com seus braços abertos, fingindo ser uma águia ou um avião. Acho que ela acreditava que, se uma pessoa batesse suas asas, bem velozmente, poderia voar. Ela não deveria ter... Éramos apenas crianças. Tente se lembrar de quando você era criança. Tudo era diferente. O jeito de pensar... – Deu um gole em seu chá e pôs a caneca de volta na mesa de vidro. – O homem subiu e se aproximou de nós. Ela estava apavorada. Andou para trás e falou: "Se você chegar mais perto, eu vou pular". Isto o fez parar e dizer: "Não. Não vou machucar você". Estava chovendo – contava Sulis –, eu chorava, e tudo era obscuro e horrível. Havia aquela rajada de vento. Ela... ela meio que cambaleou.

– Por que você não correu?

– E passar por ele? Este era o único modo de descer dali. Mas... Não podíamos correr, Josh. Estávamos congeladas.

Tinha seus braços envoltos em si mesma, balançava-se e permanecia quieta.

– Caitlin havia me segurado e estava muito perto da beira. De repente, percebi que se ela caísse me levaria com ela. Eu estava apavorada. Gritei com ela. Mas ela segurava minha mão e não a soltava. Não iria soltá-la.

Não conseguia ficar parada. Saiu do sofá e andou até a porta, e depois voltou.

– Sulis, olhe...

– Não, eu preciso terminar de contar. Eu estava gritando e soluçando. Entrei em pânico e consegui me soltar. O homem lhe disse: "Você consegue voar, garotinha. Está tudo bem. É seguro". Ela se virou. Vi a mão dele. Eu estava atrás dela. Abriu seus braços. E então... caminhou pela a beirada.

Josh olhou-a fixamente.

– Ele a empurrou?

– Eu a vi cair, indo para baixo e mais para baixo. Vi-a aterrissar.

Alguém ria na rua. Uma porta de carro foi batida, e seu motor, ligado. Nós o ouvimos distanciar-se.

Finalmente Josh disse:

– Ela...?

– Estava morta.

Sulis se sentou. Sentia-se totalmente calma agora, controlada.

– Virei-me, mas o homem havia desaparecido. Acho que desmaiei, pois não me lembro de nada mais. Acordei com frio e dura, envolta nas palhas naquele cômodo maluco. Já era manhã do dia seguinte. Estava completamente sozinha. Desci os degraus, e lá fora ela permanecia deitada, completamente dobrada. Olhei-a e percebi que tudo aquilo não era pesadelo. Foi a última vez em que a vi, mas fiquei contente de tê-la visto. Não foi horrível. Estava tão pálida. Linda, como uma boneca de porcelana quebrada. Mal havia sangue. Então, pessoas gritavam e corriam em minha direção. Era um caos. A polícia me levou. Mas ele... – ela parou, olhou para cima. – Nunca o pegaram, Josh. Esta é a causa de tudo isso. Sou a única que sabe como ele se parece, e nunca o pegaram.

No parque, andavam contra o vento. Um ônibus de turistas cruzou, vagarosamente, debaixo do Crescente Real. Todas as lentes das câmeras voltaram-se para um lado do ônibus. Ela os observava cuidadosamente.

Pagaram os tacos de golfe e passaram uma hora maluca batendo a bolinha pelos túneis pequenos e pelas curvas do campo. A grama artificial era de um verde lúrico que se opunha ao vermelho das bandeirolas e ao azul do céu de outono. Depois, chutando grandes montes de folhas caídas, contou-lhe sobre as investigações, os jornais e a caçada de âmbito nacional ao assassino.

– Era para eu estar protegida, mas aquela foto terrível foi divulgada ao redor do mundo. Foi aí que as ameaças começaram. Uma janela fora quebrada em nossa casa. Coisas chegaram para nós pelo correio. Não sei, nunca me disseram o que era. Mas nos mudamos. E continuamos a mudar.

Chegando ao lago, Josh olhou fixamente para os patos silvestres e os galeirões.

– E sua mãe?

– Morreu um ano depois. Ataque cardíaco. Tinha apenas 40 anos.

A voz dela era tão gélida quanto a água cinzenta.

– Disseram não ter nada a ver com o que tinha acontecido, mas não sei. Nunca fora a mesma depois daquilo. Desde então, já tive mais de dez pares de pais adotivos. E por três vezes achei tê-lo visto. Mas nunca como agora. Ele realmente me achou desta vez.

Virou-se e insistentemente disse:

– Eu sei que me achou.

– Então você deveria contar à polícia – disse ele.

– Não!

– Você acha que já não tentei isso antes? Não adiantou. Eles apenas acham... na última vez, deixaram bem claro que achavam que eu estava imaginando coisas.

Ruborizou-se ao se lembrar do inspetor enfurecido que veio até o escritório de Alison, olhando para seu relógio e fazendo rabiscos em vez de anotações.

– Acham que sou uma aluninha histérica. Não acham que estou em perigo. Não entendem. Este homem está lá fora, e só eu conheço sua aparência e quem ele é.

Os patos se aglomeravam agora. Os machos em suas cores brilhantes de inverno. Ela tirou um pão e algumas sementes e atirou um punhado no lago. Observava como os patos maiores mordiam seu alimento.

– Aquele – apontou Josh.

Um pequeno galeirão mergulhou atrás de uma semente e se o molhara. Sulis jogou mais, concentrando-se em dividi-las igualmente. Gostava de observar a rapidez dos pássaros e seus golpes rápidos para abocanhar o alimento.

Os pássaros não eram complicados. Espíritos livres. Alimentá-los significava fazer algo generoso, sem envolver emoções conflitantes. Sentiu-se feliz por um segundo, como se contar a velha história a tivesse libertado também, ainda que por um tempo.

Josh estava quieto, como se estivesse tentando digerir tudo aquilo.

Andaram ao redor do Crescente e depois desceram à cidade, passando pelo mercado, indo até a galeria de arte, onde vaguearam sem rumo ao redor das exposições de desenhos e plantas arquitetônicas.

Uma delas era de Jonathan Forrest. Assemelhava-se à planta do Círculo. Então Sulis olhou para ela por um instante. Era complexa, com linhas e ângulos, deixando-a impaciente, como se seus olhos fossem levados constantemente pelo movimento daquelas formas.

– Deveria voltar para casa – disse ela na calçada.

Josh arrastou seus pés pelo esgoto.

– Sulis, escute. Precisamos resolver isso. Temos de descobrir se esse homem é realmente ele.

– Você quer dizer que não acredita em mim?

Balançou a cabeça.

– Não é isso. Questionei Tom sobre o estranho. Parece que ele é apenas um mendigo local. Já está aqui há anos. Todos o conhecem e ele é inofensivo. Já estava aqui bem antes de você chegar. Então, você percebe. Não pode ser ele! E o homem no ônibus pode ter sido qualquer um.

Encarou-o. E ele disse:

– Não fique tão apavorada.

– Não estou apavorada.

– Você está. Para mim, parece que está apavorada desde aquele trágico dia. Se não parar de correr, ficará olhando para trás de seus ombros para o resto de sua vida.

Saiu aos pulos da frente de um carro, e ela notou que ele ficara ensopado pelo jato de água que nem havia notado.

Estava muito interessada para ficar nervosa.

– É isso o que você acha realmente?

Puxou-a de volta à entrada da galeria.

– Nós nos certificaremos. Faremos uma armadilha.

– Uma o quê?

– Armadilha. Filmaremos esse homem com a câmera, no circuito fechado de monitores. Fico no escritório algumas horas todos os dias. Posso armar alguma coisa. Deixe comigo.

– Nos banhos?

– Onde mais?

A ideia arrepiou-a. Tudo bem, aterrorizou-a. Ele estava convicto daquilo. Olhou-o através da chuva repentina, dos carros que ali circulavam e por entre a multidão de compradores.

– Não – disse ela.

– O quê?

Virou-se e saiu andando, mas ele correu atrás dela.

– Sulis, por que não?

– Não quero. E não ouse fazer isso, Josh. Estou falando sério. E nem ouse armar alguma coisa sem me dizer.

Ela estava tremendo de frio. O pavor antigo havia provocado a transpiração. Atravessou a rua e andou rapidamente sobre a ponte, não olhando para trás para ver se ele estava lá ou não. Mas ele disse:

– Fugindo de novo, Sulis?

Ela parou. Então, deliberadamente, saiu da ponte em uma rua reta e perfeita, chamada rua Great Pulkney por sua beleza dourada, irregular, como se fosse um local em que pudesse respirar. Como se a insistência pela ordem acalmasse o martelar de seu coração.

Josh não a seguiu. Ficou em pé na esquina e disse:

– Ligo para você amanhã. Pense. Poderíamos dar um fim nisso, de um jeito ou de outro.

Quando ela se virou, ele já não estava mais.

Andou até a casa, em meio às nuvens passageiras que a lua iluminava, assim como os telhados e as chaminés. Uma multidão saiu da matinê do teatro e a envolvera como uma maré quente e tagarela.

Simon estava no *hall* com a mulher mais velha do *flat* de baixo.

– Obrigado, Joan. Cuidarei disso.

Virando-se, ele a viu.

– Então, você voltou. Quer ver os porões?

– O quê?

Ele segurava uma chave.

– As fundações de Jonathan Forrest? Pensei em dar uma olhada no lugar antes que o pessoal do esgoto tome conta dele.

Seguiu-o de volta à calçada, e então, por alguns degraus, desceu até uma área, um pátio aberto embaixo do nível da rua, que algum dia tinha servido de entrada dos serventes. O *flat* do subsolo estava vazio, pois seu dono ficava em Londres a maior parte do tempo. Mas Simon se afastou da casa, encarando o muro abaixo da calçada. Havia duas portas pequenas ali. Escolhendo uma chave, abriu uma delas e ambos espiaram o que havia dentro, curiosamente.

Um cubículo sujo cheirando a carvão. Alguns montes escuros brilhavam em um dos cantos.

– Está claro para que isto servia.

Fechou-a e colocou a chave na fechadura da outra porta.

– Deus, está emperrada.

Chuva corria pelos seus dedos.

– Será que devíamos ter trazido um guarda-chuva? Segure para mim, Su.

Era uma lanterna. Pegou-a e observou-o lutar com a fechadura, mas na verdade estava escutando. Isso porque, na rua acima, alguém estava andando ao redor do Círculo.

Passos suaves e firmes, vagarosos, como se procurassem uma casa específica.

– Ah, consegui!

A chave girou ruidosamente. Os passos pararam.

Alguém estava em pé bem acima dela, na calçada, no lado de fora da casa. Se ela desse alguns passos para trás, poderia vê-lo.

– Aqui vamos nós.

Simon empurrou a porta, abrindo-a. Estava emperrada, a madeira raspava nas pedras. Entrou e estendeu a mão para pegar a lanterna.

– Você vem?

Se ela somente desse um passo para trás, ficariam cara a cara. O homem estaria em pé ali, em seu casaco escuro, seu rosto marcado por cicatrizes e as marcas deixadas pela varíola. Também poderia ser outra pessoa. Apenas um homem com um cachorro, ou Josh, que a havia seguido até sua casa para certificar-se de que estava bem.

Deu a lanterna a Simon, que a ligou. Viram um porão largo com paredes de pedras de cores apagadas e que se estendiam na escuridão.

– Fabuloso. Vamos dar uma olhada.

Deu um passo cuidadoso sobre o chão arenoso.

Ela o seguiu rapidamente.

O porão era maior do que imaginara. O telhado tinha uma abóbada simples, e o cômodo estava bagunçado. Metade da parte de trás dele tinha uma pilha de colchões velhos, mobília quebrada e uma lata de lixo cheia de sucata. Cheirava a pó e mofo.

Simon tateou o local em busca de um interruptor de luz, mas quando a lâmpada finalmente acendeu, estava fraca e provocou sombras profundas nos cantos do cômodo.

– Bem. Realmente construíram o lugar para durar para sempre.

Correu suas mãos pelas paredes abaixo.

– Nem há tanta umidade assim. Já lhe disse, Su, que tiveram de nivelar o local antes de começarem a obra? Esta colina era enviesada, na verdade, ainda o é além do Círculo.

Ela balançou a cabeça. Tudo em que conseguia pensar era que estava em pé sob a calçada, e talvez até sob a rua. Estar embaixo do solo era oposto a estar tão alto no céu e do pensamento de ser capaz de voar.

Simon empurrou uma mesa que, carregada para o lado, fez um grunhido. Examinou o chão.

– Aqui é até onde a vala chega. Bem pequena, então não há muito que ver. Talvez seu amigo Josh fique um pouco desapontado. De qualquer modo, por que não está estudando? Parece bem inteligente.

Ela não fazia ideia. Percebeu que estava tão preocupada em contar a Josh sua própria história que não sabia quase nada sobre ele.

– Talvez seja por causa de dinheiro.

– Bom, dinheiro está em toda a nossa volta, se você souber onde procurar.

Simon alcançara a parede traseira. Sua voz soou esquisita e duplicada por causa da abóbada.

– Forrest usou materiais muito bons. Centenas de *spiders*. Oh...

Ficou em silêncio, então ela disse:

– O quê?

– Uma porta trancada. Venha ver.

Ela se aproximou e parou ao seu lado. Na parede de trás do porão havia uma porta tão velha que seus painéis de madeira enegrecida estavam emperrados e apodrecidos. Simon puxou-os com força.

– Diria que é tão velho quanto esta casa. Adoraria abri-la.

Puxou-os novamente. Por trás da porta, algo escorregou e fez um grande estrondo.

– Deixe para lá – disse Sulis, e deu um passo para trás. Por um momento rápido, a porta pareceu ser ameaçadora, como um forte aviso. – Estamos embaixo da rua?

– Mais longe. Embaixo da grama, eu diria. Algumas raízes das árvores quebraram em partes este porão.

Voltou com manchas sujas em seu rosto. Ela viu seu sorriso largo de entusiasmo.

– Pense nisto, Su, um círculo de cômodos debaixo do solo, secreto. Forrest deve ter visto vestígios do Coliseu de Roma, onde existem cômodos sob o espaço central. Tinha uma ideia maluca sobre jogos em arenas, como você deve saber, antes dos presunçosos do conselho da cidade o pegarem.

Tirou um lenço e limpou sua testa.

– Estou nojento. Hannah vai me matar.

– Não, não vai.

Sulis acendeu a lanterna, iluminando ao seu redor.

Simon riu-se desconfortável.

– Não, ela não vai. Tolo...

– Terminamos?

– Ah, sim. Acho que sim.

Desligou a luz, sobrando só, da claridade da lanterna, um facho fino do século XXI.

Imediatamente, o cômodo além da porta parecia aprofundar-se em um tempo antigo, com paredes brilhantes e o teto abaixado em uma projeção escura.

Sulis moveu a lanterna pelas paredes. Então parou e focou em algo.

– Olhe aquilo.

Ele voltou.

– Bem. É maravilhoso.

Algumas iniciais estavam esculpidas profundamente na pedra principal, por sobre o caminho daquela porta trancada. Z S 1754. E, ao redor delas, algo rústico e circular.

Simon as alcançou, tocando nelas com as pontas dos dedos.

– Isso deve significar Zachariah Stoke. Fantástico e nunca antes relatado, até onde eu sei. Tirarei uma foto disto e depois vamos definitivamente abrir esta porta. Devia ser jovem nessa época. Ainda um aprendiz. Acho que projetou algumas coisas boas depois, mas não tenho certeza.

Ela olhou as letras novamente, diagonalmente pela luz da lanterna. Suas sombras eram profundas. Depois, seguiu Simon, cuidadosamente, enquanto subia os degraus; mas a calçada estava vazia.

Não havia ninguém no Círculo. O pequeno círculo de janelas brilhantes tranquilizou-a, trazendo de volta o mesmo sentimento que teve quando esteve ali pela primeira vez, de segurança, de estar protegida, de pessoas comuns que se sentam para tomar chá.

Mas, quando se virou no degrau para fechar a porta, viu que o gramado central estava escuro. Debaixo das árvores, sombras se movimentavam, sussurrando, como se as luzes da rua apenas as inquietassem.

Zac

Eu deveria estar viajando pela Europa. Bem, na Universidade, primeiro, é lógico – em Oxford, como meu pai e o pai dele. Letras Clássicas e Filosofia, ou Direito. Provavelmente não importaria o que eu cursasse, porque Oxford é muito mais do que apenas aprendizado. Lá eu teria conhecido homens importantes, futuros políticos e clérigos, doadores de patronatos, amigos notáveis que podem construir a carreira de um homem no mundo. Lordes, nobres com casas grandes e latifundiários. Depois disso, teria viajado em um giro pela Europa: Paris, Veneza e Roma. Neste exato momento estaria espreguiçando-me em alguma gôndola no Grande Canal, ou bebendo champanhe em um salão com alguma bela da sociedade, no quarteirão latino. Em vez disso, estou aqui, molhado, cansado e aterrorizado, pendurado em uma escada bamba de vinte pés de altura.

– Vai maiz devagar, meztre. Zuave e devagar.

George Fisher estava bem abaixo de mim. O tolo, por um acaso, achava que eu estava apostando corrida até o topo e arriscando-me a cair e morrer?

– Não se preocupe – disse, apertando meus dentes. – Farei isso.

O que faz tudo isso piorar é o fato de Forrest, com o dobro de minha idade, a ter escalado facilmente. Ele já estava lá em cima, na plataforma, conversando com os pedreiros, mesmo que, agora, tossindo e respirando com dificuldade.

Forcei minha subida. Meus braços estavam doendo, meus sapatos escorregavam na madeira úmida. Os degraus eram extremamente estreitos.

Bem, lógico que o filho de Forrest é quem estava no exterior. Jack está estudando o trabalho de Palladio na Itália. Um dia voltará para casa, será o braço direito de seu pai, e o que acontecerá comigo?

– Ande, Zac! O que o está segurando?

Odeio quando ele fica rosnando para mim, mas acho que o odeio mais quando está rindo. Ao chegar ao topo com dificuldade, sem conseguir respirar, pisei nas tábuas e pensei comigo mesmo quais teriam sido os demônios interiores que me levaram lá, pois tudo estava dando errado nesta obra, e ele sabia disso. Mesmo assim estava muito animado nesse dia, mais tranquilo do que nunca, como se a alegria de ver aquele edifício em construção o tomasse inteiramente. Confesso que me tomou também, mesmo tendo de me agarrar no parapeito e olhar para baixo como um homem que está prestes a ser enforcado.

A obra se desenvolvia em uma grande confusão, com muito barulho de serras e numa densa neblina de pó de pedra. Todas as pedras eram trazidas ainda brutas das pedreiras, ornadas ali e encaixadas nos locais onde eram necessárias. Assim, o estrondo dos martelos de madeira e de metal era interminável. Todo homem trabalhava com uma pedra, cortava-a, moldava-a ou cerrava-a. A neblina de pó atingia a cidade como uma tempestade de neve. As ruas, os degraus das portas, os telhados ficavam dourados por causa dela. Homens, burros e cachorros sufocavam-se nela. Como se fôssemos os responsáveis, não só pela construção circular, mas também pelo clima. Algumas vezes bloqueávamos até mesmo a luz solar.

– Zac, olhe aqui!

Forrest olhava a base de um dos pilares que estava sendo colocado no lugar.

– Tome nota da maneira como eles o colocam no lugar. Os métodos não mudaram muito desde a época dos gregos.

A pedra era erguida por um guindaste de madeira e içada por um molinete. Balançava de modo ameaçador ao passar por nossas cabeças. Homens as puxavam com força e as arrastavam até o local planejado de instalação. O líder da equipe gritava, dando ordens com gírias, que de tão velhas pareciam ter sido utilizadas pelos antigos banhistas das termas.

Forrest se virou.

– Esta seção está em ritmo acelerado. Uma vez que as bases das colunas estejam colocadas, o projeto vai começar a ganhar forma.

– Parece um caos para mim.

– Então você tem de fazer como eu. Suba aqui à noite, sob a luz do luar, quando o local está quieto. Então verá o local crescendo, Zac, brotando do chão como árvores de pedra.

Tinha alguns papéis em suas mãos. De repente, quis contar-lhe o que havia feito.

– Mestre...

– Devemos ir ver Harris. Esse homem está trabalhando muito rápido, mas os cortes dele são de baixa qualidade.

– Sim, entendo. Mas...

Um pedaço de esmeril por pouco não atingiu minha orelha.

Vendo-me pular, riu e deu um tapinha em meu braço.

– Um local de obra é cheio de perigos, Zac. Talvez devêssemos descer.

– Queria... Tenho de lhe dizer...

Virou-se para mim, com seus olhos castanhos brilhantes.

– O quê?

Engoli em seco.

– Coisas têm andado erradas...

– Não mais que de costume.

– As pedras polidas que sumiram, cada uma delas valia quatro guinéus.

– Sempre há ladrões, Zac.

– Mas você já pensou...? – Engoli em seco novamente, amaldiçoei a mim mesmo e balbuciei. – Nestas últimas semanas você não pensou na hipótese de alguém querer estragar o projeto e até mesmo tirá-lo dos negócios?

Por que disse isso? Olhamo-nos fixamente. Ele disse:

– Por que deveria pensar em tal coisa? É certo que não posso pagar pelas perdas. Estamos subsistindo por meio de empréstimos, financiamentos e da boa vontade de Ralph. E é certo que ele é nosso único financiador com dinheiro real. Sei que mestre Greye está espalhando fofocas desmioladas pela cidade. Mas, Zac, quando a construção estiver pronta, eles farão fila para comprar as casas, especularem e investirem nelas. Será o atrativo mais elegante de Aquae Sulis...

– Eu sei. Eu sei. Mas e se você não conseguir terminar a obra? E se alguém mais...

As sobrancelhas dele levantaram-se.

– Por Deus, Zac. Eu nunca a venderia. Este é meu monumento, meu túmulo. Nunca...

– Seu túmulo?

Riu. Agora era ele que parecia inquieto.

– Eu disse isso? Uma coisa tola para se dizer. Você já leu Aubrey? Aubrey escreveu que os construtores dos grandes círculos projetaram aquela estrutura como seus próprios túmulos. Continham druidas de grande poder, seus bens em ouro, âmbar e azeviche. Mas, olhe, preciso ver aquele piso lá embaixo. Cuide de nossos convidados, Zac!

Partira, balançando a si mesmo para baixo, cuidadosamente. Observei-o, fiquei tonto. Gostaria de sentar-me, mas não havia onde. Homens passaram por mim, empurrando-me. Estava terrivelmente no caminho deles. Apoiando-me no parapeito, fechei meus olhos.

Tentei lhe contar. Teria sido tolo de minha parte, pois se contasse teria sido demitido. O que acontecia com minha raiva feroz e meu orgulho? Onde andavam? Todo mundo é tão complicado, ou só eu sou assim?

– Zac!

Meus olhos se abriram.

Sylvia estava lá embaixo, com um guarda-sol para proteger-se da poeira. Acenou.

– Desça aqui e mostre-me o local!

Por um momento olhei para ela, então me balancei abaixo, estranhamente. Alguns homens me deram um afável impulso e uma mãozinha. Alcancei o chão, já sem ar e desalinhado. Sylvia olhava ao redor, encantada.

– Olhe, é maravilhoso! Tantas pessoas e todas trabalhando com o mesmo objetivo traçado pelas ideias de mestre Forrest.

Estava vestida com um conjunto de seda azul desbotado, mas aparentava-se muito bem. Seu aspecto estava muito melhor agora, seus cabelos ruivos brilhavam. Era bonita antes, mas o cuidado de Forrest a restaurou em quase uma perfeição.

– Pare de olhar para mim.

– Não estou. Só...

Encolhi os ombros.

Girou o guarda-sol.

– Não é calado como o mestre *Peacock* – disse, então se afastou e parecia um pouco enrubescida. – Ou você está com vergonha de ser visto comigo fora de casa?

– Claro que não.

As pessoas estavam olhando. Ofereci-lhe meu braço.

– Venha. Vou mostrar-lhe o local.

Andamos juntos pela seção que estava meio acabada. A curva sutil da fachada a surpreendeu. Mirou-a, olhando para cima e disse baixinho:

– Ele é um gênio, não é?

– Provavelmente.

– Você é muito sortudo, Zac!

– Sou?

– De poder trabalhar com ele nisto. Aprender sobre projetos, arquitetura e história. Daria tudo para ser um menino e ter todo esse aprendizado.

Pisei em um monte de tijolos.

– É um trabalho duro. E algumas vezes escuro como água suja.

Ela encolheu os ombros.

– Um dia as mulheres estudarão e serão capazes de construir.

– Duvido. Mulheres não têm inteligência para isso.

Olhou para mim e, quando percebeu que eu a estava provocando, riu. Ri juntamente com ela. Seu braço era delicado no meu. Por um momento fiquei feliz, orgulhoso de poder mostrar-lhe o local, como se fosse minha obra.

– Estas são as pedras. Ali. Serão usadas nos primeiros andares. Estes são os alojamentos dos marceneiros. Creio estarem cortando os caixilhos das molduras das janelas agora. Lá do outro lado, você verá Will, o ferreiro, martelando as dobradiças.

– E você está encarregado de tudo isso?

Não estava, mas por um segundo hesitei em contá-la. Riu como sempre fazia, maliciosamente. Então, virou-se bem rapidamente. Dei uma olhadela atrás de mim, e um dos trabalhadores estava apoiado, observando-nos. Não estava bem certo, mas tive a sensação de tê-lo visto antes, vagando pelo lado de fora do Gibson's. Meu astral ensolarado tornou-se ácido. Disse:

– Isto tudo realmente lhe interessa, Sylvia, ou está somente descobrindo o máximo que pode para Compton?

Minha língua sempre foi minha pior inimiga. Afastou-se de mim, dando uma sacudida, misturando desgosto e ira.

– Se é isto que pensa, então adeus, Zac. Posso dar uma volta aqui sozinha.

Deixei-a ir por um momento, agachei-me em um abrigo e permaneci ali aquecendo minhas mãos, meditando.

O vão da porta atrás de mim escureceu. Virei. O trabalhador que reconheci estava em pé ali. De perto, tinha um pescoço grosso, um assassino pustulento. Disse:

– Menzagem, zenhor, de um cavalheiro que nós dois conhecemos.

Não fariam pouco de mim.

– Compton o enviou? Como ousa?

– Zó para lembrá-lo de zua dívida, zenhor. E para lembrá-lo de não contar para Forrest. Está muito envolvido agora.

Olhei para o tratante, incrédulo.

– E como o meztre disse, zenhor, o local da obra é perigoso. Pedras ezcorregam dos andaimes. Perigos imprevistos e coizas dezagradáveis eztão em todos os lugares. Tudo pode acontecer.

Por um momento, então, senti uma punhalada de medo, como nunca sentira antes. Empurrei-o de lado, passando por ele direto para o pó e o barulho, segurando o braço de um pedreiro.

– Você viu uma dama? Jovem, de azul, com um guarda-sol? Você viu aonde ela foi?

Piscou para mim.

– Eu a vi, zim. Não dava para não vê-la.

– Então, para onde ela foi?

Sacudiu a cabeça.

– Oz porõez, zenhor.

Corri para lá. Os porões eram cômodos construídos no nível natural da construção, mas quando a obra estivesse terminada, ficariam no subsolo, com terra amontoada e nivelada sobre eles. Agora eram montões perigosos de pedras.

O que ela estava fazendo ali?

Quando me aproximei, vi uma carruagem esperando, as janelas erguidas, o cocheiro fumando um cachimbo e olhando acabrunhado o espaço vazio. Muitos ociosos vinham olhar a construção. Havia muitas carruagens, liteiras por ali, mas a anormalidade obscura desta me preocupava. Corri até o primeiro cômodo que tinha pedras amarelo--douradas.

– Sylvia? Onde você está?

Podia ouvi-la conversando. Sua voz era baixa e insistente. Abri meu caminho, às apalpadelas, pelos montes irregulares até o outro porão que tinha seu telhado aberto para o céu. Apertando-me entre um carrinho de mão e uma parede, aproximei-me.

Para ser honesto, rastejei. Pois, agora não queria que ela me escutasse. Ela disse:

– Nunca mais queria vê-lo.

– Se isso fosse verdade, você teria deixado a cidade.

A voz era de Compton.

Fechei minha mão, empunhando-a contra o trabalho de pedra, gelado.

– Se tivesse outro lugar para ir...

– Você não me engana, Sylvie. Seguro você por um fio invisível, não é verdade? Chama-se "seu passado".

Estavam perto de mim, do outro lado da parede. Mas tinha de me esforçar para ouvi-los por causa do barulho das pedras sendo cortadas e do estrondo contínuo das rodas. Andei para mais próximo deles. Agora, ele estava rindo.

– Devo lhe dizer que está aparentemente muito bem. Ser a amante de Forrest combina com você.

– Não sou amante dele!

Vi sua sombra encolher-se tranquilamente.

– Não sou só eu que pensa assim. Há muitas fofocas em Aquae Sulis. Há muitas línguas tratantes, de senhoras ricas que não têm nada melhor para fazer e que adoram muito um escândalo. Mas você está me dizendo que apenas trabalha para ele?

– Ele... Eu cuido da casa dele.

Compton bufou e Sylvia falou rispidamente.

– Como posso explicar o Forrest para alguém como você! Cuida de mim como sua filha. É tão raro encontrar tamanha gentileza?

– Sim. Ninguém faz algo sem querer nada em troca. Talvez queira um sacrifício druídico esquisito para as fundações de seu templo circular. Cuidado, Sylvia. Você e eu sabemos quão perigosa é a obsessão.

Podia vê-los agora. Tinha sua mão sobre o braço dela. Segurava-a bem próximo de si. Xingou-o de um nome que me surpreendi ao ouvi-lo proferido por uma garota. Ela o empurrou para longe. Andou atrás dela, então surgi por trás da parede, imediatamente, e me pus em pé diante dele.

Se ele ficou surpreso, penso que disfarçou muito bem.

– Mestre Zac. Sempre valente.

– Deixe-a ir – disse.

– Difícil pensar que Sylvie precise de você para defendê-la. Eu a vi lutar na sarjeta e deixar olhos roxos em pelo menos dois homens.

Aquilo me deixou confuso, embora fingisse que não.

– Acho melhor que você a deixe ir.

Por um momento, permaneceu parado. Então, tirou sua mão do braço dela vagarosamente.

– Você sabe o que ela fazia, logicamente!

– Não sei.

– Importa? Acho que não. Era uma garota que seduzia homens jovens e ricos para a casa de jogo. Até mesmo eu fui seduzido, quando ainda era ingênuo. Trabalhava para uma mulher que cuidava do lugar. Os outros serviços que oferecia só posso mesmo imaginá-los.

Ela deu-lhe um tapa, um bem duro, atípico para uma dama. Teria me derrubado, mas Compton permaneceu em pé; embora tenha ficado pálido como leite, sua ira era como o gelo em sua voz.

– Por Deus, Sylvia. Destruirei você por isso.

Entreolharam-se. Senti-me como se estivesse me metendo em rixa antiga. Conheciam-se há mais tempo do que eu provavelmente imaginava. Saí de lado para deixá-lo passar.

– Você partirá agora.

Subiu. Até então eu não tinha notado seu casaco com colarinho de veludo preto. A bengala de prata fazia o presente que meu pai me dera parecer um fósforo. Não partiu. Disse:

– Você está fazendo o que lhe pedi?

Senti meus dentes apertarem. Olhei para Sylvia.

– O que você fez? – falou rispidamente.

Algo me sufocou. Talvez fosse vergonha. Talvez apenas raiva de que ela estivesse em pé ali ouvindo isso.

Então Compton disse:

– Nada. Convencer Forrest a desistir apenas. Ele nunca desistirá do Círculo. Jurou. Então é melhor esquecer seu esquema – eu disse.

Encolheu os ombros, preguiçosamente.

– Mas você tem uma dívida comigo, Zac. Cem guinéus. Já se esqueceu?

– Você prometeu... Se eu fizesse o que você me pediu. E eu assim o fiz.

– Eu prometi?

Sua empáfia era maior neste dia, de um modo que abrangia todas as suas expressões.

– Mas você percebe, não vou continuar além disso – disse-lhe. – Ele nunca vai vendê-lo a você.

– Então, terei de mudar meu esquema. Construirei um Círculo rival. E você roubará uma cópia do projeto dele.

Olhei para ele.

– O quê?

– Você tem duas semanas. Depois disso, apresentarei a promissória e você apodrecerá na prisão.

Poderia ter-lhe dito que tinha mudado as plantas, que introduzira defeitos sutis no projeto original, mas enquanto o olhava, percebi que riria de mim. O que era aquilo para ele? O que sabia sobre nuances da harmonia?

Queria ver Forrest arruinado e nada mais. Olhei para Sylvia. Precisava de tempo para pensar. Talvez pudesse usar as mudanças das plantas.

– Tudo bem – disse baixinho. – O que você quiser. Mas não apresente a dívida. Minha mãe... isso acabaria com ela.

Respirou e sorriu.

– Tão bom encontrar um filho leal.

Sylvia me observava. Mal conseguia suportar seu olhar. Mas antes que pudesse dizer algo, outras vozes nos incomodaram. Para meu horror, Ralph Alleyn apareceu detrás da parede, olhando para nós.

Por um momento, paralisamos. Então, virou-se rapidamente para afastar Forrest dali. Mas já era tarde demais. Meu mestre acompanhava um grupo de senhoras e senhores ao redor da pedreira. Todos nos entreolhamos surpresos por um instante. Aqueles deveriam ser os convidados. Não tinha ideia de quem eram.

Compton se recobrou primeiramente. Prostrou-se, elegantemente, então todos assim o fizemos, como se um grupo de estátuas tivesse estranhamente voltado à vida.

Os olhos escuros de Forrest fixaram-se nele, depois em Sylvia e depois em mim.

– Lorde Compton.

– Mestre Forrest.

Compton voltou-se suavemente para o grupo.

– Senhoras e senhores. Permita-me apresentá-los mestre Stoke e senhorita... Sylvia.

Fez uma careta, desculpando-se comicamente, e continuou falando:

– Receio nunca ter descoberto o sobrenome dela.

Juro que, mesmo com o barulho do local da obra, consegui perceber o silêncio que se seguiu. Era tão afiado quanto facas. E, em meio a isso, Compton prostrou-se novamente e saiu andando. As mulheres do grupo estavam com seus rostos vermelhos. Uma abanava seu leque em seu rosto. Alleyn olhou para mim. Olhei para longe muito encabulado. Nada havia sido dito, mas não era preciso. Compton tinha sido muito claro quanto ao tipo de garota que Sylvia era. Essas fêmeas respeitáveis e gordas sentiam-se ultrajadas só por estarem na presença dela. Não podia nem olhar para ela. Mas Forrest olhou. Deu um passo para fora do grupo e, para minha surpresa, tomou a mão dela e a beijou suavemente.

– Sylvia é minha tutelada – disse. – Vou adotá-la.

Olhei para ele, assim também o fez Alleyn. Sylvia parecia surpreendida, mas sorriu com reverência. Forrest voltou-se para seus convidados, gentilmente soltando os dedos dela. Seu casaco marrom estava manchado de lama, e suas botas, muito sujas. A faixa que prendia o cabelo dele para trás estava frouxa. Parecia mais um dos empreiteiros do que um gênio estudado. Desferiu-me um olhar e disse:

– Tome conta dela.

Liderou o grupo para o outro lado.

– Agora, permitam-me mostrar-lhes as plantas completas para o Círculo do Rei. Estas serão casas que todos ansiarão adquirir.

A voz dele sumiu, enquanto acompanhava seus convidados em direção ao escritório.

Ralph Alleyn ficou comigo e Sylvia. Disse a mim asperamente:

– Leve-a para casa. E você, garota, pelo amor de Deus, fique longe da vista. Você quer destruir-nos!

Ela virou-se. Corri atrás dela. Andamos de modo tenso para fora da obra. Descemos a alameda até a cidade. No meio do caminho, parou, pálida. Sabia que estava chorando. Silenciosamente, entreguei-lhe meu lenço. Agarrou-o e virou-se em direção a um jardim pequeno. Sentou-se em um banco, esfregou seus olhos, tinha suas mãos fechadas.

– Vou matá-lo!

– Não seja boba.

– Não vou deixá-lo arruinar Forrest.

Olhou para mim.

– E você! Com seu sim, senhor, por favor, senhor. Se você deixar, Compton vai montar em você, Zac.

Olhei para longe dela. Então, disse:

– Você percebeu que aquelas pessoas eram possíveis investidores, Zac. Não vão mais querer se envolver com o projeto agora. Estava escrito nos rostos deles.

– Não precisa me falar.

A voz dela era tensa.

– Forrest não vai me responsabilizar, mas é minha culpa. Devo ir embora.

– Sabia que ele falaria aquilo? Sobre adotá-la? – perguntei.

Riu, raivosamente.

– Claro que não! Ele é um mistério para mim. Como um homem pode ser tão brilhante, difícil, genioso e gentil ao mesmo tempo? Será que é uma tendência, você acha, ver o futuro? Ver o que ninguém mais consegue ver, como será o mundo se o deixarem construir o Círculo? Como posso deixá-lo me adotar?! O que o filho dele irá dizer?!

Ficamos em silêncio, olhando para a cidade abaixo de nós. Então, movi meu bastão.

– Posso ter parecido fraco lá atrás, mas lhe asseguro, Sylvia, não o sou. Foi um artifício que usei. Quero derrubar Compton pessoalmente. Acho que vou tramar um plano.

Olhou para cima, com água em seus olhos azuis.

– Um plano?

– O plano mais engenhoso e cuidadoso de que eu for capaz.

Sorri largamente e continuei dizendo:

– Afinal de contas, não é para isso que nós arquitetos somos orientados?

Bladud

Escolhi o círculo.

Pense nisso. Não há nenhuma outra forma tão pura. A partir do seu centro, cada ponto da circunferência é sempre igualmente. É a forma do Sol. Cerca aqueles que estão dentro dele e rejeita os de fora.

É a mágica mais antiga que existe.

E, mesmo assim, em toda a natureza, não há nada tão excelente como um círculo perfeito.

Demos estrutura às pedras. Nós as encontramos bem longe, a oeste, pedras curativas. Um druida poderoso daquele lugar transportou-as ao local para mim. Um homem que existe nas margens da lenda, um homem com nome de pássaro.

Quando estava partindo, suas últimas palavras declararam:

– Espalhe suas asas, ó Rei!

Esse conselho intrigou-me. Mas, primeiro, construímos. E como trabalhamos! Dia após dia, no calor, no gelo, na chuva, edificamos as pedras, formando o Círculo que se estenderia para a eternidade.

Não estava contente com um círculo rígido, não agora. Esse era um edifício, um templo e um local de cura. Então, moldei as pedras juntamente com os outros e nós as entalhamos com símbolos secretos. Estes eram meu relógio. Marcaria os anos, os meses e os dias; a mudança do Sol.

Nunca mais haveria uma construção como esta.

Sulis

O plano de Josh era simples.

Na quarta-feira, Sulis tinha de ficar no trabalho até mais tarde. Era a noite em que o Museu dos Banhos romanos ficava aberto até as nove. Esta seria a primeira vez em que cumpriria aquele horário em seu turno. De alguma maneira, Josh tinha conseguido um jeitinho de entrar na lista das pessoas que trabalhariam na sala de segurança naquela mesma noite.

Aparentemente, o grande Tom teria de ir para a festa de sua filha em um bar, então Josh teria a sala de segurança só para si. Ele lhe contou isso na noite anterior, enquanto ela assistia a um show, na TV, de perguntas às quais Simon respondia em voz alta. Hannah pedia a seu anjinho para calar-se, enquanto o gato pesado e velho chamado Mousy cavava com suas patas seu joelho.

Mas ao mesmo tempo em que Sulis contava o dinheiro do caixa na quarta-feira à tarde, pensava no que valeria tudo aquilo. Certamente, o homem que não tinha nome, o homem que a caçava como uma sombra nunca ousaria entrar ali.

Ao contar o troco, tentou lembrar-se do rosto dele de novo. Era claro em seus sonhos, mas quando acordava parecia que a imagem se distorcia.

Como saberia que ela estaria lá até tão tarde da noite? Mas certamente, se ele a esperasse lá fora, perceberia que não partira às cinco horas.

Tremeu. Ao entregar o troco, olhou para o relógio acima e viu que já era quatro e meia.

– Respire, Su – disse Ruth. – Agora, enquanto está tranquilo.

A sala dos funcionários era um escritório cinza e sombrio, no fundo de um corredor cheio de colunas. Josh era o único lá, mexendo uma caneca de chá e fazendo palavras cruzadas em um jornal. Olhou para cima.

– Achei que você nunca mais chegaria aqui!

– Tivemos um grupo escolar na loja. Compraram por volta de dez milhões de lápis e borrachas.

Ligando a chaleira, encostou-se à mesa.

– Josh, isto nunca vai funcionar. A loja...

– Você não está na loja.

– O quê?

Preencheu a resposta e se sentou, parecendo satisfeito consigo mesmo.

– Em noites mais longas, o quadro de funcionários diminui para seis e a lista muda. Jen estará na loja. Colocarão você lá embaixo.

– No museu?

Ele balançou a cabeça.

– Fazendo uma ronda, ficando de olho nas coisas. – Olhou-a. Logo estará escuro e quieto, sem muitas pessoas. Se ele entrar, será esta noite.

Ficaram em silêncio. A chaleira ferveu. Colocou água quente, enchendo a caneca pesada que tremia em sua mão. Sentou-se ao lado dele.

– Não sei...

– Já conversamos sobre isso. – Empurrou um papel, entregando-o a ela.

– Não pode continuar fugindo. Tem de encará-lo e ver quem ele é. Se é ele o homem. Você deve isso a Caitlin.

Esse nome fez seu coração pular.

– O que não entendo é a maneira como me encontrou aqui. Fomos tão cautelosos. Nome novo, pais novos, tudo. Não faz sentido.

Josh ficou em silêncio por um momento. Então disse:

– Não sabemos se é ele. O homem na rua e aquele do ônibus podem ser pessoas diferentes. Pessoas comuns. Está certa de que era a mesma pessoa?

Olhou-o.

– Sim.

– Se for ele, deve estar tentando amedrontá-la. A polícia...

– Não até ter certeza. Quero certificar-me, Josh.

Tomou um gole de chá. Estava tremendo, e não era de frio.

– O que faço?

– Só permaneça em locais iluminados, onde as câmeras estão. Seguirei você da sala de controle. Eu a estarei observando o tempo todo e, tão logo o aviste, balance a cabeça e o filmarei.

– E se ele me avistar primeiro?

– Soarei cada alarme que temos. E são muitos. Mas não vai avistá-la primeiro: estamos preparados para ele.

Olhou-a e perguntou:

– Você será capaz de fazer isso?

Ela não fazia ideia. Estava certa. Queria que tudo isto terminasse: a sucessão de casas diferentes e as mudanças de pessoas em seu convívio. Queria um lugar que pudesse chamar de lar. Uma cidade que fosse perfeita.

– Eu consigo!

Ele a observava, mas ela não fazia ideia no que ele estava pensando. Então, ela disse:

– Esqueci-me de lhe dizer. Ontem, Simon e eu entramos nos porões embaixo do Círculo. Havia uma porta emperrada, que escondia algo bem interessante. Amanhã venha comigo e ajude-me a abri-la.

– Ótimo.

Nenhum deles mencionou que o mundo dela poderia ser abalado no dia seguinte. Para manter a segurança, naquele momento, ela falou que Simon havia feito algumas perguntas sobre ele, mas que ela não havia conseguido realmente respondê-las.

– Por que você não estava na Universidade?

Josh a olhou surpreso, depois irritado. Algumas vezes tinha um olhar distante e ácido, como se pensasse ser melhor que os outros. Agora, essa impressão estava estampada em seu rosto.

– Talvez eu não queira estar em uma.

– Talvez não seja tão estúpida assim.

Ele encolheu os ombros.

– Então não me pergunte.

– Por que não? Contei-lhe minha história. Não deve ser tão ruim quanto à minha.

– Não é. Fiz o primeiro ano, mas então a larguei, ok? Os negócios do meu pai caíram acentuadamente. Ele partiu, e minha mãe precisava de dinheiro. É isso, só isso. Nada de mais. Voltarei a cursá-la. Não pretendo passar o resto da minha vida em um emprego sem saída como este.

– Bem, agora eu sei.

Ficou em silêncio, preenchendo as letras das palavras cruzadas, implacavelmente.

Ela queria chacoalhá-lo. Será que ele não fazia ideia do medo que ela estava sentindo, que perguntara aquilo simplesmente por que queria pensar em algo diferente?

Escreveu a última palavra e levantou-se. Foi apenas quando saiu pela porta que ela notou quão triste ele estava, mesmo em meio àquele seu jeito orgulhoso. Ele disse ainda:

– Lembre-se. Fique no foco das câmeras, principalmente perto da fonte sagrada, perto do vapor.

Então Sulis saiu da sala. A porta fechou vagarosamente sobre suas dobradiças.

Deu mais um gole no chá escaldante sem notar como queimou sua língua.

A parte subterrânea do museu estava estranhamente quente, como se as camadas da terra isolassem o calor dali. Sulis andou ao redor silenciosamente, contente por haver pessoas ali. Um turista perguntou se podia tirar fotos, dois norte-americanos perguntaram a ela sobre a máscara de Gorgon e sobre seu rosto embigodado olhando para baixo. Eles conversaram.

– Era para esta máscara estar no frontão triangular do templo – explicou.

– Entendo, mas onde exatamente era o templo?

Levou-os pelas salas até os degraus planos de pedra que conduziam à parte de cima, até uma parede branca.

– Aqui. Esta era a entrada. Mas o templo, se ainda existir, estará sob um dos edifícios embaixo da praça, ou da cafeteria do outro lado, ou das lojas ou até mesmo da Rua Stall. Acho que nunca foi escavado.

– Você quer dizer que ele ainda está por aí? Espetacular.

Quando eles partiram, permaneceu ainda por um momento em pé nos degraus romanos, imaginando como as pessoas em togas se esfregavam no passado, entravam e saíam, pessoas antigas e distantes, com deuses e conversas diferentes. Como aquilo que agora estava no subterrâneo devia ser sob a luz do sol.

Virou e encontrou o olhar estampado no rosto de um Gorgon.

Olhou-a com reprovação.

Seria Sulis? Sulis seria masculino ou feminino? Todo mundo a chamava de deusa, mas aquele rosto era masculino. Talvez fosse Bladud, pois abaixo havia um dos porcos esquisitos representados pelo artista. Este era de madeira, tão polido quanto uma semente. Balançou a cabeça. Arte e arqueologia são desconcertantes. Só se revelam por meio de fragmentos.

A conversa a levou a pensar em Josh, o que a fez olhar para cima, para a câmera, percebendo que ele a estaria observando por meio dela. Fez uma careta. A câmera se moveu e fez um estalo suave em cima de seu suporte triangular.

Uma hora depois, já estava entediada e cansada. Já havia patrulhado o museu, e ninguém estava lá. O lugar todo estava vazio.

De que serve uma noite prolongada se ninguém aparece? Ela se apoiou na proteção de vidro dos pedaços de estanho que lançavam uma maldição. Estas eram seu atrativo favorito lá embaixo. Ficava fascinada com elas, mensagens e orações que foram colocadas em um metal macio e jogadas na água para o espírito da terma. Estavam escritas em latim, mas as traduções estavam à vista perto delas.

"Para a deusa Sulis Minerva... Entrego à sua divindade o dinheiro que perdi, e aquele que o roubou seja forçado a que ...

... uma maldição sobre ele, cristão ou pagão, homem ou mulher, garoto ou garota, escravo ou livre, que tenha roubado de mim, Annianus, de manhã, seis moedas de prata da minha bolsa..."

Deve ter havido muito roubo naqueles tempos antigos. Algumas coisas não mudaram. Ela gostava daqueles que tinham sede de sangue.

"... Estes são os nomes daqueles que juraram na fonte da deusa Sulis no dia 12 de abril...

Quem quer que tenha mentido para você, pague por isto à deusa Sulis com seu próprio sangue...

Aquilo a dera uma ideia. Sentiu-se tola, mas tirou uma caneta e um pedaço de papel, onde escreveu sua própria mensagem.

"Para a deusa Sulis Minerva. Há alguém me seguindo. Ele matou Caitlin. Quero que o puna por aquilo que fez. Quero que acabe com esta sombra em minha vida..."

Tola.

Mas fez uma bola com o papel, caminhou pelo museu até a fonte sagrada onde as águas com bolhas evaporavam suavemente. Então, viu a câmera seguindo-a. Não queria que Josh visse aquilo. Então, andou ao redor da foz, um corredor escuro e estreito pelo qual a água corria e assobiava ao virar vapor em meio a um dreno até a banheira externa. A orla das pedras era de um amarelo-mostarda por causa do ferro da água e liso como mármore molhado.

Atirou aquela minúscula bola de papel dentro da água, que a engoliu instantaneamente, movendo-a rapidamente para baixo da superfície, canalizando-a para a escuridão. Tão logo desapareceu, sentiu um pavor terrível. Teve um desejo bobo de pegá-la de volta, pois o havia amaldiçoado agora, e o que isso poderia significar?

Expirou. Por cima do rugido do vapor da água, forçou um sorriso. Não havia nenhuma deusa na fonte. Isso fora há muito tempo e o mundo havia mudado. Assim mesmo, tirou uma moeda de cinco centavos e atirou-a na fonte como uma oferenda, não porque acreditava naquilo, mas porque havia outras moedas ali, cintilando círculos sobressalentes bem ao fundo da superfície.

Movimento.

Chamava sua atenção, embaixo da água, um pequeno reflexo.

Alguém estava em pé atrás dela. Não virou. Não podia se mexer. Mas sabia que ele estava ali, atrás dela, escuro como sua sombra, alto e escuro no vapor quente da terma.

Disse "Sulis" ou era apenas o zumbido do ar-condicionado, ou o assobio da água?

– Quem é você?

Seu sussurro se perdeu em meio ao vapor.

– *Você sabe quem sou. Você precisa me libertar, Sulis. Precisa me deixar voar como um pássaro.*

Pedaços de um rosto. Um olho, um osso malar, uma testa franzida quebrada em meio à água que se batia. Será que o via, ou era a si mesma que percebia ali; ou seria a máscara do Gorgon que estava atrás deles dois?

E onde estava Josh?

Disse:

– Você a matou.

– *Minha mão nas costas dela.*

– Você a empurrou.

– *Tinha de escapar dela.*

– Você a matou.

– *Eu a libertei.*

Onde estava Josh? Virou-se, mas o homem se afastava dela em meio à escuridão da sala. Disse:

– Espere, não sei se... é você.

Não parou, apenas disse:

– *Siga-me, Sulis.*

O vapor se abriu e ele já não estava mais. Gritou:

– JOSH!

Correu para a sala onde os degraus do templo elevavam-se até a parede que não havia sido escavada. Por um momento ela o viu, ali, escalando os degraus que conduziam ao nada. Mas a parede estava vazia. Então, correu pelas vitrines, altares, maquetes dos banhos, direto por uma partição que a conduziu até Josh, cujas mãos a agarraram e, com voz aflita, ofegou:

– Onde? Onde está ele?

– Estava lá. Lá trás.

– Ele não pode ter saído. Tranquei a porta.

Olhou-o fixamente, assustada, mas aquele era um Josh diferente. Tinha uma lanterna grande na mão. Ligou-a na potência máxima.

– Bem.

Sua voz era calma e lhe lançou um olhar que a deixou encabulada. Então chamou em alta voz:

– Olá! Se há alguém aqui, você pode sair agora, por favor! O museu está encerrando suas atividades.

As cabeças dos deuses romanos e os rostos nas pedras olharam-no impacientemente. Nada se moveu nas salas escuras.

– Ele conseguiu passar por nós – disse Sulis rapidamente.

– Sem chance.

– Mas...

– Vamos, Sulis, vamos dar uma olhada.

Manteve seus olhos nela, desafiando-a.

– Você não está com medo de procurar, está?

– Não, mas e se...

Josh segurou sua mão. Conduziu-a ao redor das mobílias dos espaços subterrâneos e, mesmo estando escuro e sombrio, investigou cada polegada, até mesmo o fundo cheio de vapor da foz e a nascente. Por fim, já estava quase arrastando-a. Soltou sua mão e permaneceu em pé, irritada e tentando entender a situação.

– Não acredita em mim, acredita? Não acha que ele esteve aqui?

Virou-se e sua sombra mostrava-se na parede.

– Ele não estava. O lugar estava vazio. Tenho tudo nas câmeras.

– Não, você não tem. Eu estava na foz. Não há câmera que possibilite a você enxergar lá.

– Certo. Consegui filmar apenas uma parte de lá. Mas, Sulis, pude ver todo o restante. O *hall* de entrada, as outras salas, os banhos. Não havia ninguém aqui além de você.

Por um momento, ela só olhou para ele. Depois, virou-se e correu, pelas salas vazias, subindo as escadas para o banho externo, cujas águas mágicas produziam uma neblina na noite congelada.

Ao redor dela, a colunata estava escura. As figuras dos imperadores romanos a desprezavam. Ouviu Josh vir atrás dela.

– Olhe, não fique chateada.

– Não estou chateada.

Ela estava tremendo. Correu pela calçada rachada, pela porta que o público não utilizava, até o fundo do corredor, em um *hall* de entrada de um mármore esplendoroso.

Uma mulher chamada Martha estava na recepção fazendo o fechamento.

Sulis disse já sem ar:

– Um homem entrou agora à noite? Tarde? O último a entrar?

Interrompida na metade de sua contagem das moedas, a mulher olhou para cima, preocupada.

– Desculpe-me, mas não. Como ele era?

Sulis franziu as sobrancelhas. Sabia que Josh estava atrás dela, esperando a resposta. Ouviu a lanterna, na mão dele, sendo desligada.

– Alto. Escuro.

Parecia não adiantar nada aquilo tudo.

– Magro. Com um rosto marcado por varíola.

Martha colocou as moedas na sacola. Desligou a calculadora.

– Não, ninguém com essa descrição. As últimas pessoas que entraram hoje foram um casal mais velho com os netos, isso foi há uma hora. Já devem ter saído. Nenhum desconhecido escuro e bonito entrou durante a noite, Sulis. Teria percebido!

Sulis se virou. Empurrando, abriu caminho, passando por Josh, andou até a porta assinalada "SEGURANÇA" e, uma vez dentro, olhou para um bando de telas inconstantes. Cada uma estava acesa focando em um canto sombrio do museu.

Josh entrou atrás dela.

– Vou lhe mostrar – disse ele.

Levou cerca de meia hora. Correu a imagem em velocidade dobrada e triplicada. Viu visitantes sumirem como fantasmas no enquadramento das câmeras, lá, não mais lá, filmado de modo recortado. Viu as salas vazias, as sombras se ajuntarem e os números do relógio saltarem. Viu a si mesma, olhando as vitrines, sentando na cadeira, em um canto, no outro, na porta, conversando sozinha. Viu tudo isso, mas não viu o homem.

Finalmente a última câmera.

– Isto é o que eu estava vendo quando você estava na foz.

Josh manteve seu olhar deliberadamente longe do dela.

– Um ângulo um pouco estranho, mas você pode ver por si mesma.

Uma forma obscura estava em pé diante da arcada de águas que escorriam. Apoiou-se e atirou um objeto pequeno pela grade. As suas mãos estavam limpas, uma ideia fraca que diminuía ao mesmo tempo em que Josh diminuía a velocidade do *playback*. Viu sua manga e um lado de seu rosto.

Viu a si mesma virando e falando. Teria dito:

– Quem é você?

Mas a câmera mostrava apenas escuridão, um mistério incapaz de ser resolvido.

– Pare aí!

Ele pressionou o *pause*. Juntos olharam para a imagem granulada. Sulis agachou-se tão perto da tela que sua respiração a embaçou.

– Lá.

Seus dedos tocaram o vidro.

– Lá. Aquilo não é nada? A manga de seu casaco? Bem na ponta?

Olhou para cima. Josh estava sentado na mesa com o controle remoto solto em suas mãos. Disse tranquilamente:

– Encare, Sulis. Ele não estava lá. Ninguém estava lá.

Olhou-a duramente.

– Não sei se você está me enganando, ou só a si mesma. Mas direi o que penso agora. Acho que, desde o início, nunca houve alguém.

O círculo

Algo pode representar a imagem do Sol tão bem quanto uma parede circular, no topo da colina, repleta de ouro?

Zac

Naquela noite, a ceia foi um acontecimento quieto e triste. Forrest sentou-se na cabeceira da mesa e comeu rapidamente. Parecia nunca notar muito bem o que comia. A Sra. Hall poderia ter servido frango cru e cenoura suja que teria comido sem perceber, imaginando depois o que o fizera ficar doente.

Sylvia cutucou sua comida olhando-me por entre os castiçais. Tentei não olhar para ela.

– Vinho, Zac?

Forrest segurou a garrafa.

Levantei meu copo e deixei que ele colocasse um pouco. Então, disse:

– Aquelas pessoas, senhor, na obra...

Encolheu os ombros.

– Tolos, medrosos, sem visão. O que se pode fazer? Não conseguiremos dinheiro deles.

Houve silêncio novamente. Ele sabia, nós sabíamos, que a relutância deles contaminara os outros.

De repente, bateu a faca e a colher, deu um salto e saiu andando pela sala, furioso.

– Às vezes, acho que estou sozinho neste mundo, você sabia disso? Que sou o único homem desta cidade desprezível capaz de ver o seu futuro?! Olhe para ela. Infestada de pedintes e cachorros! Uma cabana no monte, precipitando-se para a base dele, quando poderia ser larga, imponente e cheia de luz.

Abriu a cortina rapidamente, revelando as ruas iluminadas a gás e a neblina de fumaça que cingia a graciosa praça.

– Que maravilhoso este lugar já foi. Cheio de poder e de mágica! E poderá sê-lo de novo. Ruas largas e limpas, ar fresco, salas altas e generosas, e água corrente. Como não podemos fazer nada contra a pobreza? Contra a doença!

– Você realmente acredita que houve um templo majestoso por aqui? – Sylvia perguntou em voz baixa.

– Sim, creio.

Virou-se. Seu rosto se iluminou.

– Desde que os homens acharam as águas pela primeira vez, fizeram deste um local sagrado. Acredito terem existido dois templos, Sylvia, um para o Sol e outro para a Lua. Estruturas antigas. Devem estar na parte mais baixa da cidade, perto dos banhos.

Olhou de volta pela janela, continuando a dizer que, quando estava trabalhando no Hospital Mineral, achara muitas coisas no chão que provaram haver construtores por aqui. Tijolos quebrados e pedras esculpidas.

– Achamos fragmentos de metais retorcidos estranhamente. Até mesmo telhas.

De volta à mesa, após se sentar e se inclinar na direção dela, continuou contando sobre as descobertas.

– Queria projetar uma construção circular naquele local, mas o proprietário daquela terra opôs-se. Parece que passei minha vida inteira tentando criar isso. Mas, pelo menos agora, será construída, mesmo que eu me destrua por causa disso.

– Você não será destruído.

Entregou-lhe a taça de vinho.

Por um momento, olhou para ela, depois para mim.

– Não. Creio que eu não o serei. Pois o futuro precisa de mim.

Deu um gole no vinho e um pouco do calor desapareceu dele.

A luz sumiu de seus olhos. *Se todo o mundo o desapontava*, pensei, *o que ele devia pensar de mim*?

Dirigi-me a ele:

– Senhor, posso lhe perguntar algo?

– Pergunte, Zac.

– É só... sobre a planta do Círculo. Você disse que a área central será calçada?

– Sim e...

– Então não haverá nada lá. Mesmo embaixo da terra?

Olhou para mim. Seus olhos eram firmes e escuros como pedra.

– Nada, Zac. Nada importante.

Mentiu. Mentiu na minha cara. Naquele instante, não mais me preocupava com seus projetos, com sua construção grandiosa. Tudo que sabia era que verdadeiramente não confiava em mim. Pensava em mim como uma criança mimada, um vagabundo superficial. Este conhecimento me atingiou como uma seta. Dei um jeito de esboçar um sorriso. Enquanto ele e Sylvia ajudavam a tirar a mesa, saí e me sentei em um banco no jardim. As estrelas estavam brilhando no topo das colinas. Aquae Sulis não era mais do que uma desordem nebulosa assentada em um pedaço de terra, como se a cidade antiga, de alguma maneira, repousasse em meio ao nevoeiro. Cruzei os braços para me proteger do frio, recostei-me. Meu fôlego estava bloqueado pela umidade. Deveria haver algo secreto no coração do Círculo. Algo a ver com o grupo de Oroboros que frequentava. Se não me contasse sobre isso, investigaria até saber. Pois eu salvaria a ele, a mim mesmo e a Sylvia, mesmo que nenhum deles merecesse. Sorri friamente. Estariam em dívida comigo.

Ela falou:

– Todo pomposo de novo, mestre *Peacock*.

Abordou-me tão silenciosamente que pulei, irritado.

– Você precisa fazer isso!

Ela não estava sorrindo, sentou-se no banco perto de mim com seus pés levantados por causa da lama.

– Desculpe-me, Zac. Mas às vezes você é tão cheio de si com seus planos e segredos. Todo ensimesmado e pretensioso.

– Não sou pretensioso. Não sou nada nesta cidade, Sylvia. Mas não serei pisoteado por Compton.

– Então, você tem um plano?

– Já o iniciei.

Esta era, tenho de confessar, a parte que temia. Mas respirei fundo e contei-lhe o que havia feito.

– Nesta tarde, enviei uma carta a Compton. Estava mal redigida e soletrada. Tive muita dificuldade em criá-la. Era uma carta sua.

Pulou, com ou sem lama.

– Não! Você não tinha o direito! Não acredito que você teve o atrevimento de...

Levantei-me também.

– Você disse que faria de tudo por Forrest. Gostaria de saber se isso é verdade.

Olhou-me. A fúria dela me fez ficar gelado. Havia uma pequena casa de verão no fundo do jardim, um local agradável nessa época, mas úmido agora e cheio de insetos rastejantes. Agarrei seu braço e a levei até lá, pois estava com medo de Forrest escutar-nos da casa.

Uma vez dentro da casa, virou-se para mim.

– Diga-me o que escreveu.

Ergui-me. Não seria envergonhado diante dela, mesmo sentindo-me culpado.

– Eu... você... disse a lorde Compton que eu agi como ele mandou. Deve encontrá-la amanhã por volta das oito nos banhos. Você lhe levará as plantas do Círculo... – Respirei com dificuldade, mas continuei inabalável. – Em troca, ele deve lhe entregar a nota promissória de cem guinéus. Estarei lá observando você. Na verdade, irei com você. Mas me certificarei de que não irá me ver.

– Ver a sua vergonha, você quer dizer.

Saiu de perto de mim e permaneceu em pé em meio aos arbustos.

– Como você pôde fazer isso, Zac, com seu mestre. Você consegue odiá-lo tanto assim?

– Não o odeio.

Não queria conversar sobre Forrest.

– Faço isso por mim mesmo. Deixe-me tranquilizá-la, Sylvia, já que você pensa o pior sobre mim. O projeto que vendo a Compton não é o do Círculo de Forrest. Será um falsificado. Será impossível construí-lo.

Olhou para mim. Calmamente, expliquei-lhe sobre a cópia do Círculo em meu momento de raiva, as sutis alterações e os defeitos. Ouviu tudo o que lhe contava. Seu dedo empurrava as folhas mortas de um pilar coberto por uma vinha no gazebo. Quando terminei, permaneceu em silêncio, olhando para mim por um bom tempo. Tremi com a umidade. Meu próprio suor era gelado.

– Por que você fez isso? – sussurrou.

– Isso não importa. Foi uma ideia selvagem. Algumas vezes, acho que o mundo todo está contra mim. Talvez tenha feito isso porque quisesse acabar com Forrest. Introduzir uma mancha em seu paraíso. Ser como Lúcifer para com seu Deus. Não sei. Mas, Sylvia, escute-me. Você TEM de pegar a nota de Compton. Tenha certeza de que é aquela que eu mesmo escrevi e que tenha minha assinatura. Do contrário, estarei arruinado.

– Mas e quando ele descobrir? – Ela olhava na direção da casa.

– Não poderá fazer nada sem o E.D.V. E eu não lhe deverei mais nenhum centavo.

– Não falo de Compton, seu tolo! – Seu rosto estava pálido. – Falo de Forrest. E quando ele descobrir?

Encolhi os ombros.

– Se tem algum juízo, você me agradecerá. Porque até lá o Círculo será construído, as casas serão vendidas e o que Compton terá no final das contas? Desenhos defeituosos de um projeto perfeitamente feito por outra pessoa. Não, Forrest não me culpará por isso.

No jardim silencioso, as folhas gotejavam. Uma garoa, como chuva fina, deveria estar caindo, pois a lamparina da janela da casa estava cheia de flocos e embaçada. Arrepiei.

– Então, Sylvia, você irá? Por favor, diga que sim. É a minha única chance.

Enrolou seu xale bem apertado. Por um momento achei que recusaria, então se virou e tirou os espinhos de sua saia. Quando olhou para cima, seu rosto tinha aquele olhar atrevido, afiado, que nos últimos dias ficara apagado. Mas agora voltara. Afastou-se do exame minucioso de meus olhos.

– Lógico que o farei – disse.

***

No dia seguinte, meu nervosismo foi constante. Cometi erros, perdi coisas, sonhei acordado naquele escritório minúsculo e abafado. Do lado de fora, a cacofonia da construção continuou ao meu redor. A fachada do primeiro arco do Círculo estava erguida quase até o segundo andar, mas as entradas das portas ainda eram retângulos brutos e vazios... Gralhas voavam para dentro e para fora pelos buracos das futuras janelas.

Não sei se Forrest suspeitou de mim, mas não havia nem sinal das plantas. Provavelmente as trancara em um cofre da casa. Só as folhas de trabalho estavam ali, a instrução diária para os pedreiros. E, embaixo, seu livro de rascunho.

Sentei-me, abri a capa de couro desgastada pelo uso.

As métopes.

Ali estavam todos os símbolos misteriosos e as pinturas. Seriam esculpidas nas pedras que ligariam a construção ao seu término. Que segredo possuíam aqueles símbolos? Um telescópio. Duas mãos compartilhando um aro. Uma árvore com o que deveria ser uma pedra erguida atrás dela. Será que contavam uma história? Significavam alguma coisa? Seria uma mensagem do mestre para o futuro, ou uma zombaria dele?

Olhei novamente para a métope de duas mãos. Eu a havia desenhado com um anel que parecia ser uma nuvem, ou flores. Havia um par? Ou seriam as mãos de duas pessoas diferentes, encontrando-se em oposição, cada uma segurando metade do círculo? A mão dele e a minha? Minha e de Sylvia?

Virei as páginas, tentando decifrar o carvalho, as cobras ao redor da espada, o espelho e uma foice. Em um canto, um crânio de um cavalo com flores ou sinos pendurados. Todo o mistério de sua mentalidade estava ali. Um segredo que, se pudesse decifrar, seria...

– Meztre, precizamos de você.

O trabalhador olhou curiosamente para o livro. Fechei-o com um estalo.

– O quê?

– Na câmara!

– Que câmara? – Girei em minha cadeira e deixei minha irritação transparecer. – Do que você está falando, homem?

Esses homens nem mesmo notavam irritação. Disse:

– O quarto zecreto de meztre Forrezt. – Olhou-me com um aceno astuto de cabeça. – Você sabe qual é.

Não tinha ideia. Mas respondi vagarosamente:

– Ah, sim. Aquele... Sim, atrás dos porões. Aquele que tem minha equipe trabalhando, secretamente. – Sentei-me. – Certamente, o que aconteceu?

– Algo eztranho, zenhor. Noz fundamentoz. Zomente o meztre subiu até a mina, então...

Dei um pulo. Meu coração estava acelerado.

– Mostre-me.

O nome do mestre de obras era Fisher. Frequentemente via Forrest conversando com ele. Um homem confiável, evidentemente. Levou-me pela construção até os porões semiacabados. Apressei-me atrás dele, tropeçando, tentando manter minhas botinas longe do estrume e aparentando saber exatamente aonde íamos. Contudo, minha imaginação corria à minha frente. Seria isto que Forrest escondia de mim?

A câmara.

Subi em pedras não cortadas. Guindastes de madeira balançavam blocos de pedras polida sobre minha cabeça. Levou-me até um porão em que fora posto um telhado. O chão era de pó pisado, e as abóbadas, frescas e douradas. No final dele, havia um grande monte de madeiras, tábuas de andaime, talvez, empilhadas até o telhado, longe da ação do tempo.

Parei, mas ele olhou para trás em meio à escuridão.

– Maiz além, zenhor. Estes zão apenas para esconder o trabalho.

Esperava não lhe ter mostrado minha ignorância. Balancei a cabeça soberbamente e abri passagem por ele. Atrás das madeiras, na parede de tijolos, havia uma arcada semiconstruída, as pedras de esquina apoiadas no chão como peças de um quebra-cabeça infantil pronto para ser montado. Além do arco, havia uma passagem. Descemos por ela até a câmara.

– Há muita água zubindo.

Fisher acenou para o local onde havia uma pá no chão. Atravessei. Britas e pedaços de tijolos estalavam sob meus pés.

Uma câmara circular. Bem, isso já era esperado. O telhado tinha forma de cúpula, como uma colmeia. Paredes curvas douradas chegavam ao solo desnudo. No ápice do domo, havia escuridão. Senti uma sequidão. Uma entrada de ar, em algum lugar. O homem me observava enquanto andávamos em direção ao centro. Meu coração batia tão alto que estava certo que ele o escutaria. Este era o centro do Círculo. Mas qual era o propósito dele?

– Você vê? – apontou o homem.

– Vejo.

Água brotava do chão. Estava sendo colhida por um pequeno poço. Olhei para cima.

– Você está certo de que não está vazando do telhado?

Riu, com um som curto e áspero.

– Eztá quente, zenhor.

Alcancei-a e mergulhei meu dedo nela. Quente. Pequenas bolhas levantavam-se para fazer carinho na minha pele. Senti um vapor leve no ar.

– Outra fonte?

– Não vejo como. Tão aprofundado no vale.

Não fazia ideia se aquilo importava. Certamente havia outra terma quente embaixo. Endireitei-me, pensando se Forrest sabia que ela estaria ali, se adivinhava por meio de um tipo de alquimia. Mas certamente escolhera o local por ser alto e por seu proprietário consentir com a construção.

– O que faremos, meztre? Meztre Forrezt não falou nada zobre izto e temoz de terminar hoje.

Balancei a cabeça.

– As instruções dele eram para...?

– Limpar a sala e trancá-la. – Seu rosto áspero tornou-se esperto. – Para amanhã à noite.

Olhei para ele e indaguei:

– O que você sabe sobre isso? Mestre Forrest não quer que seu negócio particular seja alvo de fofocas na cidade.

– Não o zerá. Zó zei que eztarão aqui amanhã à noite. E agora, há um poço de água.

Devem ser os Oroboros. Estava ardendo para saber mais, porém precisava disfarçar minha ignorância, como se já soubesse de tudo. Então disse:

– Sim, sugiro que traga os homens e construam um pequeno reservatório para segurar a infiltração. Não parece ser uma vazão grande. Uma piscina circular no centro não estragará a cerimônia de Mestre Forrest.

Olhou para mim. Por um momento, ambos ficamos em silêncio na escuridão. Então me disse:

– Deixe comigo, zenhor.

Virei-me e sai, tentando ver o máximo que conseguia da sala, com um só olhar. Mas não retive muita coisa em minha mente.

Parei no porão.

– Mais uma coisa, Fisher. Não vou contar ao mestre que você me trouxe aqui. Ele pode ficar irritado com você por causa disso. Diga-lhe que a piscina foi ideia sua se ele perguntar.

O mestre de obras sorriu largamente. Não era tolo, estava certo de que suspeitava de mim agora. Mas apenas tocou sua testa e disse:

– Zenhor.

Não consegui ficar parado. Peguei meu chapéu, minha bengala e desci a colina, rapidamente, pelas passagens estreitas da cidade, pensando e planejando. Fui a uma cafeteria na Rua Quiet e pedi um chocolate. Mexi-o até ficar gelado, pensando no que faria. Observaria até Forrest deixar a casa. Eu o seguiria até o local da construção e me esconderia atrás da pilha de madeira. Veria os segredos dos Oroboros.

Talvez, entenderia, afinal de contas, o propósito do Círculo de pedra.

Bladud

O que há além da perfeição? Onde podemos ir depois de alcançá-la?

Construí minha cidade, e ela me protegeu. O céu e as pedras tornaram-se minha obsessão.

E as palavras que tinha ouvido profundamente no silêncio de minha mente começaram a ecoar ali como se não pudessem escapar.

– Abra as suas asas, ó Rei.

Ouvi-as ou imaginei-as. Comecei a ponderar e a fazer experimentos.

Tentei várias madeiras, a fim de encontrar a mais leve e flexível. Transformei-as em asas. Então subi aos montes mais altos e chamei os pássaros para me oferecerem ajuda. Pela magia, trouxe-os em minhas mãos, a águia, o pardal, o corvo e alguns alcedinídeos. Cada um deles me deu um resgate em penas. Uni-as em plumagens, colei-as com piche e resina. Costurei-as com agulhas de ossos.

Tinha sido rei por vinte anos e não havia mais trabalho para fazer aqui. Mas o céu é ilimitado, e eu me lançaria nele e voaria.

De todos os homens, seria o primeiro a planar no que quer que exista além do além.

Ninguém acreditava em mim. Chamavam-me de tolo iludido. Zombavam de meu trabalho. Algumas vezes, enquanto estava deitado em minha cama, nas noites escuras, sem as estrelas e a Lua, sentia o frio do pavor em mim e sabia que estava louco.

Um dia, fui à piscina quente e olhei sua profundeza. Sua face olhou para mim e disse:

– Não há outro caminho para descer, senhor rei, a não ser que você voe.

Sulis

O quarto estava escuro. Gostava dele assim.

Hannah bateu à porta novamente, pela quarta vez.

– Tem certeza de que você não quer tomar café da manhã?

– Sim.

– Você precisa comer alguma coisa, Sulis.

Não respondeu.

– Gostaria que você se abrisse comigo, querida.

Sua voz podia ser ouvida perto da porta.

– Posso sem dúvida ficar se...

– Não, estou bem. Pode ir.

Hesitação. Podia senti-la através dos painéis brancos da parede. Cochichos no telefone. Depois de uns poucos minutos, passos. A porta da frente abrindo e fechando.

Sulis estava deitada com as roupas de cama sobre sua cabeça. Estava escuro e quente ali, sem ninguém para perturbá-la. Percebia o silêncio da casa, o zunido da geladeira, o clique do aquecedor. Pombos arrulhavam do lado de fora da janela. Uma perua de sorveteiro, em algum lugar, ao longe, emitia uma melodia natalina... Fazia Sulis recordar de quando era pequenina, faltando à escola por causa de um resfriado ou coisa parecida. Sua mãe trazia algo na bandeja e dizia:

– Como você está se sentindo?

Esse pensamento fez com que se virasse, puxasse os lençóis, descobrindo seu rosto. Respirou fundo.

O teto sobre ela era branco. As luzes refletidas pelos carros no Círculo passavam vagarosamente ao redor do seu quarto.

O desprezo de Josh voltou à sua mente, mas vinha se enfraquecendo à medida que os dias passavam.

Acho que nunca houve alguém.

Será que ele estava certo?

No começo, ficou furiosa com ele, vermelha de raiva. Mas, nos últimos dias, não conseguia parar de pensar, de repassar a cena várias vezes em sua memória. O homem no banco, o homem na cafeteria, o homem no ônibus. Lembrava de cada um deles, obscuramente, e só uma vaga lembrança da forma deles, dos seus casacos escuros, do jornal, era o que restava. Mas o último, no museu. Este ela tinha certeza de tê-lo visto lá, certeza de ter falado com ele. Balançou seus pés para fora da cama, colocou um roupão e saiu. Na sala de estar, encontrou os livros de Simon espalhados. Olhou-os preguiçosamente, então foi à cozinha e colocou um pouco de cereal na tigela. O único leite que havia era o de soja de Hannah. Odiava-o, mas derramou um pouco e buscou uma colher. Então, sentou-se no sofá.

Hannah partira apressadamente, pois os papéis e a maquiagem da sua bolsa ficaram em cada ponto por qual passara. Como se houvesse perdido as chaves e tivesse corrido a fim de encontrá-las. Era o casal mais maluco com quem Sulis já havia morado. Ao comer o cereal, olhou o canto do envelope primeiro. Estava de ponta-cabeça no chão. E metade dele embaixo do sofá. Tirou-o inteiramente de sob o sofá com o pé. Descobriu qual era o endereço do remetente, e o nome, enquanto comia.

Senhorita Alison West, Serviço Social de Sheffield.

Deliberadamente, terminou de comer o cereal e até mesmo lambeu a colher antes de colocar a tigela de lado. Prostou-se e pegou o envelope.

Segurou-o por um momento. Então, levou-o para seu quarto, abriu a janela, para que o ar fresco da manhã entrasse, sentou-se na mesa e escorregou seus dedos sobre a ponta ainda colada.

O papel rasgou.

Dentro do envelope havia uma carta e um formulário.

CONFIDENCIAL. Avaliação e Perfil Psicológico.

Por favor, preencha qualquer seção que você achar relevante. Todas as informações são estritamente confidenciais. Assunto... e então seu nome.

Pressionou seus lábios um contra o outro. Lógico que sabia que eles tinham de preencher coisas como essas.

Alguns dos seus pais adotivos tinham mostrado para ela, lamentando pelo trabalho de preenchê-los. Esse procedimento era igual ao de outros anteriores: comportamento, interesses, habilidades sociais... era preciso ticar todos os quadrinhos.

A carta era recente. Enquanto a abria e lia, seus dedos balançaram e seu sentimento vago de condenação transformou-se em raiva.

As anotações de Hannah eram efusivas e agitadas.

Querida Alison,

Só para fornecer um relatório sobre o andamento, você sabe, dos problemas que discutimos ontem à noite ao telefone. Não sei bem o que aconteceu, mas acho que o namorado, Josh, pode ter descoberto sobre o passado de Su. Está agindo de modo muito estranho conosco. Mais temperamental do que o normal. Não responde às nossas perguntas. À noite, levanta e vai à janela, talvez umas sete ou oito vezes, verificando para a rua. Tudo aquilo que você havia nos pedido para observar. Não faz nem ideia de que esteja fazendo isso, mas disse coisas que deixaram claro que contou a Josh sobre Sheffield. Acho que talvez esta seja a razão de ele rejeitá-la. Certamente se separaram, não tem ido trabalhar e mal conseguiu comer nos últimos três dias. Para ser honesta, estou um pouco sem chão.

Sulis olhava para o papel incredulamente. Qual absurdo ela dissera? Nunca ficara temperamental! Um pavor a tomou, como se ela não mais conhecesse a si mesma. Como se a Sulis que ela era e a que viu hoje fossem pessoas totalmente diferentes.

Uma batida na janela. Olhou para cima, seu coração batia rapidamente, mas era apenas uma gralha, pulando na soleira da janela. Fez um gesto com a mão e a gralha voou, deixando uma pena minúscula pairando no vento.

É uma pena a questão de seu emprego. Comecei a pensar que a estava ajudando. Não sei se eles vão manter a vaga aberta para ela. Disse que estava gripada. Na verdade, é mais um colapso nervoso. Mal consegue sair da cama. Estamos preocupados. Quero dizer, sei que, quando era adolescente, havia essa questão do namorado e coisa e tal, mas a história de Sulis é complicada. Outra coisa, quando veio aqui pela primeira vez, adorou a cidade, mas parece que sua vontade de não sair mais só aumenta. Parece um pouco com o que você me disse que aconteceu das outras vezes, quando afirmou ter visto o assaltante. E estamos certos de que ninguém sabe quem ela é aqui.

Sulis jogou a carta para longe. Não queria mais lê-la. Afirmou ter visto o assaltante! Isso significava que os assistentes sociais e a polícia nunca acreditaram nela também.

Será que isso significava que a ficavam observando, analisando-a, ticando quadrinhos a seu respeito e nunca acreditavam numa só palavra que proferia?

Foi até a janela e olhou para fora.

Quando foi que tudo começou a dar errado, sua cidade perfeita? Quando as imperfeições começaram a aparecer? Rachaduras na fachada, como se houvesse erros escondidos, quase imperceptíveis. Proporções erradas, como se o mundo não fosse construído direito?

Voltou a pegar a carta. Leu o resto dela rapidamente.

... Eu realmente tenho pena dela, porque isso tudo está dentro dela e não permite que saia. Decidimos que precisamos ter uma palavrinha com o garoto, mas, para ser honesta, vou deixar que Simon faça a maior parte. Ele é muito melhor do que eu nesse tipo de assunto.

Ligue para mim, Alison, e assim poderemos conversar melhor. No meu celular, como de costume.

Saudações,

Hannah

Obs: O psiquiatra estava certo sobre a questão da arquitetura.

Dobrou a carta e colocou-a em sua perna. Sentiu que tudo aquilo debaixo dela, e que lhe dava segurança, de súbito, desmoronara. Simon conversando com Josh? Pelas suas costas? E que coisa é essa de arquitetura, pelo fato de Aquae Sulis ter sido sua escolha e de ninguém mais? Ou será que ela havia se entregado muito facilmente?

Levou a carta até a janela, rasgou-a em mais de cem minúsculos pedaços e os espalhou no vento. Então se vestiu, fez sua cama, pegou sua bolsa e saiu. Estava com medo? Vamos ver se vão ficar com medo quando voltarem e perceberem que ela partira. Andou pelo Círculo, passou os olhos pelas lojas e passeou ao redor do Crescente Real. Teimosamente, parou olhando para trás. Os turistas estavam em todos os lugares. Pessoas fotografavam a curva do arco do Crescente, seu formato de lua coroando o topo da colina. Comprou alguns sanduíches e deitou de bruços na grama do parque, observando-o.

Forrest começara seu sonho, um templo para o Sol, e outro, seu filho ou seu aprendiz, o terminara. O Sol e a Lua, em pedras. Sonhos revelavam-se na paisagem, sonhos se tornavam concretos, fazendo as pessoas viverem e se moverem de maneiras como o arquiteto nunca imaginara.

De repente, sabia que um dia faria isso. Projetaria construções. Esse pensamento a encheu de prazer. Rolou na grama e riu para o céu azul.

Por que nunca soubera disso antes? O conhecimento sempre esteve ali, só esperando. Sempre esteve dentro dela, desde as brincadeiras com torres de blocos azuis e vermelhos que ela e Caitlin levantavam na mesa e no chão da sala de aula.

O prazer daquilo, de sonhar sobre como o seu futuro seria, trouxera a ela novo ânimo. Era como uma revelação dentro dela. Deitou-se sob o sol a tarde inteira, ignorando os turistas, os pássaros e algumas crianças que jogavam futebol; ficou ali até o céu escurecer e perceber que estava morta de fome. Rolando sobre a grama, olhou ao seu redor. O gramado largo estava quase desnudo. Ninguém sentou-se ao seu lado, nem olhou para ela. Estava sozinha. Pegou sua bolsa, fez uma busca minuciosa e achou seu celular.

Havia uma mensagem de Hannah.

Su, onde você está?

Devia ser por volta das seis. Ao oeste, o sol espalhava sua luz para longe. Um azul manchado de laranja. Tremeu, sentiu um suave calafrio e o entusiasmo da tarde apagara-se como uma vela se extingue, como uma partitura de música, em sua cabeça, parando ao sinal de pausa.

Foi para casa.

Enquanto se aproximava do Círculo, viu alguém sentado no banco do gramado, inclinando-se para trás a observar sua porta. Parou atordoada de susto. Um casaco escuro. A figura sombria quase se perdia na escuridão da rua e das árvores salientes.

Ia virar-se para sair dali, mas parou. Onde mais poderia ir? Não suportaria mais isso. Andou firmemente ao redor da rua circular na direção dele.

Ao se aproximar, ele deu conta dela. Virou a cabeça e se levantou. Seu coração batia fortemente. Andou direto para ele e entreolharam-se por um momento. Até que Josh disse:

– Eu a estava esperando.

Ficou sem ar. Conseguiu apenas acenar com a cabeça.

– Eles conversaram com você? – perguntou a Josh.

– Quem?

– Hannah e Simon.

– Não.

Olhava para a grama. Mas acreditou nele, pois levantou sua cabeça e disse:

– Sulis, sobre a outra noite...

– Deixa para lá, esqueça. Conversaremos sobre ela mais tarde.

Encolheu os ombros.

– Entre para uma xícara de chá. Vai dar um susto neles.

Realmente dera. Ela e Josh fingiram, muito polidamente, que nada acontecera, e a confusão, que em vão Hannah tentava esconder, era engraçada de se ver.

Simon sorriu largamente e não disse nada. Sulis fez o melhor que podia para se comportar normalmente, porém, mais tarde, ao tirar os pratos da mesa, questionava-se sobre o que seria normal. Pois sempre achou que jamais agira de forma estranha. Hannah levou a bandeja.

– Você... pegou... uhm...

A carta.

Sulis levantou uma sobrancelha.

– O quê?

– Nada. É bom ver Josh aqui de novo. Uhm, Sulis, posso lhe perguntar uma coisa?

Sorriu radiantemente.

– Temos que ir. Simon pegou as chaves dos porões. Finalmente vamos explorar a sala trancada.

Hannah mexia em uma mecha de seu cabelo com seu dedo.

– Oh. Isso me lembrou, Sulis, que liguei para você outro dia do telefone do escritório, mas parece que havia um bloqueio de segurança nele. Esqueci-me de lhe dizer. Espero que não a tenha preocupado!

Ela olhou fixamente para Hannah. Lembrou-se de seu celular vibrando no parapeito do telhado.

– Quando?

– Outro dia. Não sei ao certo. Você está bem?

– Sim.

Estava entorpecida. Josh estava certo. O homem naquele ônibus de turista não era ninguém.

À porta, a voz de Hannah prendeu sua atenção.

– Espero que vocês descubram o que há naquela sala secreta – disse baixinho.

Sulis parou. Olhou para trás, sua mãe adotiva estava em pé, encostada na pia. O contorno de seu corpo era iluminado pela luz da janela. O cabelo claro era como uma nuvem crespa ao redor de seu rosto pequeno.

No andar de baixo, Simon tinha uma lanterna na mão e usava casaco e botas velhas.

– Vai estar bem sujo lá – disse.

Josh encolheu os ombros.

– Posso carregar alguma coisa?

– Sim. A luz sobressalente, por favor.

Simon carregava uma câmera com um tripé. Suspendeu-a ao atravessar o *hall*, desceu as escadas e saiu pela porta da frente. Sulis o seguia pensativamente. Olhou para cima e viu Hannah espiando pela cortina. Pelo menos a carta nunca será enviada. Hannah deve suspeitar de que ela a tenha pegado. Mas não ligava.

Com bastante dificuldade, conseguiram levar a câmera, descendo-a pelos degraus do pátio. A noite era de uma fumaça obscura; o céu, crepuscular e roxo, borrado pelas lâmpadas da rua. Os porões exalavam uma sensação de calafrio embolorado.

– Bem. – Simon olhou o arco acima. – Primeiro vou tirar umas fotos da construção de pedra e daquelas iniciais. Fiquem atrás de mim.

Passou um tempão acertando a câmera. Josh e Sulis observavam-no, ao lado dele, sem conversarem. Os porões eram sombrios e gelados. Tinha a estranha sensação de que havia alguém mais ali, além de eles três. Mais sombras nas paredes. Quando a câmera finalmente clicara e zunira por três vezes, Simon disse:

– Ok, fabuloso. Agora vamos abri-la.

Josh sorriu para Sulis.

A chave não parecia uma chave. Era algo que se articulava estranhamente, com pedaços de metal grudados por toda parte. Mas Simon parecia saber como usá-la.

– Chamamos de abridor multifuncional. A fechadura está bem enferrujada. Nem gira.

Jateou-a com um *spray* de WD 40[1] e tentou novamente.

A barra de metal moveu-se e escorregou, então, ao forçá-la para que girasse, puderam ouvir o gemido relutante do mecanismo.

– Acho que isto nunca foi aberto.

– Como a tumba de Tutankamon – disse Josh.

– Talvez acharemos tesouros.

Ela ficou em pé atrás deles, observando. Um tipo de pânico crescia dentro dela. Queria voltar, sair, subir para seu quarto. Mas ficou parada.

– Ok. Agora conseguimos.

Simon puxou a porta, então a empurrou. Não se movia.

– Emperrada. Dá uma ajudinha aqui, Josh!

Josh se apertou perto dele e ambos colocaram os ombros nela. Sulis podia sentir o esforço. Podia sentir as vigas antigas, teimosas e empenadas, fixadas há anos no batente. Sentia a escuridão por trás, a profunda e intocável escuridão, o silêncio que ninguém jamais quebrara, desde que a porta fora trancada, talvez há séculos.

---

1. Óleo em *spray* vendido no mundo inteiro, utilizado principalmente como lubrificante (N.R.).

– Esperem!

Sulis suspirou.

Ainda empurrando a porta, Josh virou sua cabeça na direção dela.

– Por quê?

Não sabia por quê. Não havia por quê.

Empurraram mais forte, e as dobradiças começaram a ranger, tremendo na parte interior. Enquanto era aberta, ela olhou fascinada e aterrorizada pela negridão da fenda que se alargava. Enrugando o nariz na direção do mofo do ar envelhecido que soprava para fora, imaginava-o como uma onda negra, tomando-a por completo.

– Quase, só um pouquinho mais! – Simon gemera pelo esforço feito.

Eles haviam falado com Josh? Pensava Sulis durante a luta para abrir a porta. Será que todos haviam discutido sobre ela, suas obsessões, o que devia ter visto quando criança? A beleza terrível daquela menina caindo no ar azul.

– Só mais um solavanco, Josh, deste lado.

Será que havia uma conspiração silenciosa contra ela?

– Obrigado. Fantástico.

Simon deu uma última levantada na porta e a sacudiu até abri-la completamente. Limpou a sujeira de suas mãos.

– Entramos! Certo. Bem. Aqui vamos nós. Dê-me a lanterna, Sulis, ou você quer ter a honra?

Olhou para ele, e não havia mais nada em seu rosto além de excitação. Então, ela passou por ele e ligou a lanterna. Virou o facho de luz em direção à escuridão.

Zac

Andamos até os banhos juntos. Eu, no meu casaco escuro, e Sylvia, com uma capa verde ao seu redor. Nos espaços graciosos da Praça Queen, alguns garotos que carregavam tochas guiavam grupos de homens em direção às casas de jogos. Uma carruagem com escolta desfilou solenemente por nós. O calor do vapor das traseiras dos cavalos tocou meu rosto.

Descemos por becos insalubres, a cidade fedia. Como Forrest esperava mudar um mundo assim? Pulando um monte de esterco, guiei Sylvia sob os telhados suspensos, pelas travessas nocivas, onde um porco nojento cheirava uma vala.

Então, ela me perguntou:

– Você está certo disto, Zac?

– Tenho que pegar de volta aquela nota promissória.

Será que ela não percebia isso?

– Não tenho dinheiro para pagar aquelas dívidas, Sylvia. Meu pai está falido. Se algum dia fizer algo útil com minha vida miserável...

– Sim, sim. Já percebi.

Seu braço era suave no meu. Então, empurrou-o para longe, apertando sua capa.

– Você está com medo? – perguntei a ela.

– De Compton, não.

– Não? Até onde você o conhece?

Não estava olhando para mim. Pensamentos obscuros me tomaram. Será que ela o encontrou, secretamente? Será que falaram sobre mim? Lutei contra o pânico que surgia dentro de mim.

– Conheci-o quando trabalhava no Gibson's. Um pouquinho.

– Você nunca fala muito daquele lugar.

Encolheu os ombros.

– Era um buraco do inferno. Pessoas perderam tudo ali. Eram roubadas frequentemente. Uma vez, uma das meninas morreu.

Olhei fixamente para ela.

– Como?

– Caiu. Eu estava lá e vi. As coisas ficaram perigosas para mim depois disso. Por isso fugi.

– Alguém a empurrou?

Seus olhos moveram-se rapidamente até os meus, depois olhou para longe.

– Por favor, Zac. Não quero conversar sobre isso.

Ainda era uma garota misteriosa, então. Estávamos perto dos banhos, foi quando coloquei a pasta de couro embaixo do seu braço.

– Agora você tem as plantas. Sabe o que fazer.

Tinha lhe dado meus desenhos falsos. Por um instante, entrara sorrateiramente na sala de trabalho de Forrest com eles e saíra de lá com esta pasta velha e os desenhos colocados ordenadamente em seu interior.

Estava surpreso. Mas disse parecerem ser autênticos, como se ela os tivesse roubado. Agora, olhando a borda do papel que pulou para fora da pasta, rezava para Compton não desconfiar de nosso subterfúgio.

Percebendo meu olhar, enfiou o pedaço de papel de volta, apressadamente.

– Quer que eu vá com você? – perguntei.

– Não.

Colocou o capuz largo sobre seu rosto.

– Observe-nos se você desejar, mas se ele perceber sua presença, estará tudo acabado. Então fique bem longe.

– Tome cuidado – disse.

Era ridículo, pelo menos soava assim.

Sorriu para mim, os olhos dela acesos de medo. Então entrou apressadamente.

Esperei cinco minutos bem frios antes de segui-la.

Os banhos, mesmo à noite, eram barulhentos. Forrest frequentemente os desprezava, lastimava a vulgaridade daquele lugar. Quando o vapor quente se juntou ao meu redor, entendi o que ele sentia.

As piscinas antigas e as fontes sagradas eram buracos nocivos de imundice. A sujeira cobria os degraus e o barulho era ensurdecedor. Havia ainda alguns músicos arranhando violinos enferrujados em troca de moedas. Homens e mulheres trajavam vestes voluptuosas, vadiavam e banhavam-se. Servos eram pagos para ajudarem-nos a entrar e a sair.

Não me atrevia a pensar no tipo de doenças que carregavam. A fonte mágica de Bladud agora estava imprestável, de fato. Outros servos esperavam na bomba que era comum a todos, pegando garrafas vazias, enchendo-as e levando-as de volta para seus mestres, que sofriam de gota, ou para suas senhoras que sofriam de inflamação nas glândulas linfáticas.

O cheiro de suor dos corpos era tanto que tive que lutar contra o desejo de tirar meu lenço e colocá-lo sobre meu nariz. Em vez disso, procurei por Sylvia.

Estava em pé perto da bomba, a pasta embaixo de seu braço. Vi que a seda de sua capa estava respingada e escura por causa da água. Enquanto esperava por ela, vapor acumulou-se entre nós. Uma pedinte aborreceu-me para comprar uma bugiganga de uma bandeja cheia de tranqueiras.

Disse-lhe para deixar-me em paz.

Quando olhei para cima de novo, Compton estava lá.

Respirei. O lorde usava um casaco elegante e uma espada com cabo de prata. Tirou seu chapéu e inclinou-se perante ela, zombando evidentemente. Perdia-me em um devaneio de bater nele até derrubá-lo em meus pés. Foi um pensamento bem prazeroso.

Havia uma coluna antiga perto dali, verde por causa do limo.

Fiquei em pé atrás dela e os observei. Conversavam. Estavam sorrindo, dando risadas. Ela era rápida, quieta e agitada. Olhou ao redor uma ou duas vezes. Por um momento, parecia estar quase implorando. O sorriso dele desapareceu e lhe dissera algo provavelmente áspero e severo. Então, segurou seu braço.

Estremeci. Fiquei imóvel. Queria correr até lá e jogá-lo ao chão. Mas disse a mim mesmo para ficar parado, porque ambos obteríamos nossa vingança deste modo.

Ela tirou a pasta de couro de sob seu braço, vi o rosto dele iluminar-se. Tentou pegá-la, mas ela a segurou. Sabia que estava lhe pedindo minha nota promissória, pois Compton riu e olhou em volta, como se tivesse adivinhado que eu estaria lá.

A atmosfera entre nós ondulou-se com o vapor das termas. Um grande esguicho de água da banheira ensopou-me com respingos quentes. Tocaram meu rosto como as pontas dos dedos de uma mão. Enquanto me limpava, vi Compton pegar alguma coisa de seu bolso e oferecer a Sylvia. Maliciosamente tirou do alcance dos dedos dela, balançando-o em sua frente, como os homens fazem ao oferecerem guloseimas aos seus cães.

Senti meus dentes friccionarem. Mas, com um rápido movimento, pegou o papel das mãos dele e leu-o. Colocou em seu bolso e lhe entregou as plantas. Segurei minha respiração, pois ele desamarrou a carteira. E se eu tivesse julgado mal seu conhecimento? E se ele reconhecesse os erros, as proporções impossíveis? Meus desenhos eram bons, minha letra organizada. Podia fazê-los do mesmo modo que meu mestre. Com certeza, não conseguiria perceber.

Não percebeu.

Fechou a pasta, disse algo e ela respondeu rispidamente. Então andou para longe dele, com a cabeça abaixada, tirando as pessoas da frente, forçando seu caminho dentre a multidão. Compton virou e saiu pela porta principal. Instantaneamente, abri caminho com meus ombros atrás de Sylvia, escorregando nos degraus traiçoeiros, quentes em meio ao ar úmido das piscinas sulfurosas. Correu os degraus acima até o nível da rua.

– Sylvia!

Chamei-a, mas provavelmente não me escutara. Então corri atrás dela.

A rua estava fria depois daquele calor do vapor, a escuridão era total, mas pude escutar seus pés, correndo à minha frente. Eu a segui até a Rua Bath, passei o hospital, para dentro das confusões das lojas e a cadeia usada para carpinteiros,

– Sylvia! Espere! Estou aqui.

À minha frente, na rua vazia, parou. Não se virou, mas esperou até que a alcançasse. Quando alcancei seu lado, não olhou para mim, mas jogou o papel em minhas mãos.

Uma lâmpada pequena oscilou onde o vigia noturno se sentava. Corri, segurei o papel e gritei de alegria.

Era minha nota promissória. Tinha minha própria assinatura rabiscada em desespero sobre a quantidade de dinheiro envolvida. Cem guinéus, pagáveis a lorde Compton.

– Você fez! Conseguiu!

Queria tirá-la dos seus pés e balançá-la, mas quando virei, estava afastada de mim e seu rosto parecia um túmulo.

– Sim – disse. – Consegui.

Sua frieza me deu arrepios. Então, prostrei-me formalmente.

– Obrigado, minha senhora.

– Não foi nada – disse.

Havia um brilho de água em seu rosto, como se o vapor houvesse se ajuntado ali em forma de uma gota.

Não consigo dizer o porquê de ela ter sido tão áspera, quase nervosa comigo. Mas a nota era suficiente, zunindo em minhas mãos. Então, segurei-a em uma de suas pontas, cuidadosamente, e a coloquei na chama da lamparina cheia de fuligem. Observei-a queimar, o papel escurecendo no canto e, de repente, enrugando no fogo. Virei-me, cuidadosamente, e observei minha dívida queimar até virar cinzas e cair em meus pés. Por medida de segurança, coloquei meus pés sobre os pedaços e aterrei-os no solo.

Depois de isso ter sido feito, ela foi embora. Fui atrás dela.

– Sinto-me tão livre, Sylvia. Você não pode nem imaginar o quanto aquela dívida pesava em meus ombros!

Lógico, só eu sabia o quanto, uma vez que já não mais existia.

– As coisas vão ser diferentes agora. Vou trabalhar tanto! Forrest mal me reconhecerá. Meu pai. Vou lhe enviar dinheiro. Todos os meses. Metade do meu salário.

Ela permanecia em silêncio, andando ao meu lado.

– Ele não fazia ideia? Compton? Ficou satisfeito com as plantas? Que tolo!

– Sim.

A voz dela era baixa.

– Que tolo ele é!

Será que ela sentiu pesar de defraudá-lo? Não conseguia imaginar. Andamos de volta, rapidamente. Não parecia inclinada a falar, como se a tarefa de enganar Compton houvesse sugado todas as suas energias. Receio ter agido como criança naquele instante, pois, na minha alegria, lhe contei sobre algo que não pretendia. Contei-lhe sobre a câmara secreta no coração do Círculo.

Ouviu-me atentamente. No momento em que chegamos à casa, ela já sabia de tudo, até mesmo de meus planos de observar a reunião do Oroboros.

– Vou com você.

Tentei esconder meu desânimo.

– Sylvia...

Virou para mim como uma víbora.

– Vou com você e nem pense em me impedir! Você tem a sua nota preciosa. Você me deve por isso! Está seguro e isso é tudo que importa para você!

Subiu os degraus da casa correndo e bateu a porta na minha cara.

Fixei meu olhar nos painéis pretos tremulantes, desnorteado.

– O que tinha feito agora?

No dia seguinte, não a vi. Não estava no café da manhã, nem na ceia. A Sra. Hall disse que ela tinha se retirado para seu quarto, pois não se sentia bem. Forrest franziu o rosto.

– Será que existe algo que possa fazer?

– Não, zenhor. Não se preocupe com a zenhorita.

A empregada lavou as louças.

– Uma questão de melancolia, como bem conheço. Amanhã, tudo passará!

Estava me evitando. Sabia. Mas não fazia ideia do por quê. As mulheres são difíceis de entender.

Forrest se sentou por um momento, pensativo. Eu o observava. Havia caído em um de seus momentos esquisitos de sonhar acordado. Imaginei no que estava pensando, girando a taça de vinho entre um dos dedos e dedão. Que mistério druida estava causando perplexidade nele? Ou seria algo prático, como os materiais para o andaime quebrado que o preocupavam? Que mistura que era?

Tentei minha sorte.

– Irei até a cidade esta noite, senhor, se você me permitir.

Olhou para mim.

– O quê?

– A cidade.

– Acredito que não vá jogar, Zac?

Sorri complacentemente.

– Não jogo, senhor.

– Bom. É uma grande tolice.

Colocou a taça sobre a mesa.

– Como você acha que o trabalho está caminhando, Zac? Você gosta do que vê?

– Vai coroar seu esforço na vida certamente.

– Uma coroa de landes.

Sorriu.

– Você tem certeza?

Olhou fixamente para mim com aqueles olhos negros, sempre rápidos.

– Ou você só está satisfazendo a vaidade de seu mestre?

Não sabia o que dizer. Então as palavras saíram e me surpreenderam.

– Creio que o Círculo será comentado em dias futuros como grande exemplo de arquitetura. Estou honrado de estar envolvido nele.

E era verdade.

Olhou para mim por cima da mesa.

– Somos amigos, Zac?

Agora era eu quem virava a taça.

– Sim – disse.

Balançou a cabeça.

– Isto me agrada. Algumas vezes pensei... Sei que não sou um homem de fácil convívio. Ideias vêm a minha mente como bolhas nas termas. Quem sabe de onde vêm? Mas estou feliz que esteja trabalhando comigo. Vejo um grande futuro para você, algum dia, Zac. Apesar de ser feio e sem graça.

Ri, apesar da última sentença ter me preocupado um pouco. Mas a menção dele às bolhas da fonte me lembrou a câmara escondia. Quanto valia então sua amizade comigo? Pois me recordo que ele não dividira esse assunto comigo.

Levantou-se.

– Tenho que sair também. Mais tarde. Divirta-se à noite, Zac. Vamos esperar que Sylvia esteja conosco amanhã.

– Observei-o sair e subir as escadas.

Sylvie? Esta era a maneira como Compton a chamava.

Passei as horas que restavam em meu quarto, todo envolvido com minhas roupas. Tentei estudar, mas um pouco antes das onze a porta da frente se fechou suavemente. Corri até a janela e olhei para fora. A sombra escura de Forrest movia-se pela rua.

Peguei meu casaco, passei rastejando em frente à porta do quarto da Sylvia, que se abriu inesperadamente. Ela saiu como se estivesse sentada em sua cama apenas esperando uma oportunidade. Desta vez, sua capa era preta.

– Acabou de sair – disse.

Balançou a cabeça.

– Você está realmente doente?

Olhou para mim de modo estranho.

– Não sei ainda.

Descemos a escada na ponta dos dedos. Sra. Hall tinha ido para casa, o que era bom. Não me atrevo a pensar o que ela acharia de tudo isso.

Então, pela segunda noite seguida, Sylvia e eu andamos pelas ruas da cidade, mas alguma coisa havia mudado entre nós agora. Não me deu seu braço, mal conversamos até chegar à extremidade do local da construção e vermos Forrest não muito à nossa frente, alto e sombrio em seu casaco velho.

A fachada semiconstruída estendia uma sombra comprida sobre as cabanas, construções de alvenaria, os andaimes e estacas de pedra. Olhei para cima e vi que a Lua estava cheia, brilhando nas poças de água, nas extremidades dos metais e no canto dos esteios. O centro do Círculo era de uma escuridão densa e, enquanto Sylvia se movia à minha frente, tropecei e quase caí. Ela segurou meu punho, apertando-o.

Forrest parou. Olhou ao redor. Ficamos imóveis. Por um momento, pensei que ele fosse chamar em voz alta.

– *É você, Zac?*

Teria que responder. Mas virou-se e desapareceu por entre os porões.

Os lábios de Sylvia eram quentes em minhas orelhas.

– Fique perto de mim.

Pretendia. Parecia ver no escuro como uma gata. Conduziu-me pelos pedregulhos da construção.

Não havia nem sinal do vigia, e os outros membros do Oroboros deviam ter chegado em segredo também. Não havia carruagens, nem cavalos na rua semiacabada. Titubeamos à entrada do porão.

Sylvia retirou sua mão e disse:

– Bem, você realmente quer fazer isto?

– É muito tarde para voltarmos – respondi.

Olhou para a entrada com a porta escura.

– Não, não é tarde.

– Você não precisa ir.

Pareceu sorrir de modo triste no escuro.

– Não, não preciso.

Mas não foi embora. Em vez disso, ouvi seu suspiro. Sussurrou:

– Estamos realmente o salvando, Zac? Ou o traindo?

Não tinha resposta para isso. Então, passei por ela e movi-me rapidamente para dentro dos porões.

Estava com muito frio, e os porões, enquanto descíamos, pareciam ser mais profundos à noite do que durante o dia, como se estivéssemos descendo através do tempo.

As paredes nuas exalavam um cheiro úmido nocivo. Vi meu fôlego produzir vapor enquanto avançávamos pela escuridão. A pilha de madeira ergueu-se em nossa frente como um biombo. Parei, tentando procurar ansiosamente ouvir vozes, mas a sombra à nossa frente era silenciosa. Não me atrevi a conversar com Sylvia naquele momento. A sala teria ecoado nossos sussurros. A noite, com neblina, despejou-se para dentro dos porões, juntamente conosco, e por isso mal podia vê-la. Estendi minha mão e toquei na madeira. Estava fria e as farpas entravam em meus dedos. Movi-me vagarosamente até o final daquele cômodo e espiei ao redor. O arco e a passagem estavam escuros. Então, quando olhei, uma chama estalou acesa na sala secreta. Não vi nada além da chama. Estava sendo carregada por uma mão invisível que tocou um pavio. A chama cresceu uniformemente. Uma luz amarela tremulou na câmara. Vi paredes gastas revestidas de sombras. Vi a poça. Um vapor tímido saía dela. Uma bolha veio até a superfície e estourou silenciosamente. A chama se moveu, de vela em vela, até formar um círculo de fogo em torno da água. Ondas de sombras enormes desciam pelas paredes. A escuridão estalava e sussurrava. Já devem estar lá. Os homens dos Oroboros, o culto secreto do qual não sabia nada. Será que eram homens poderosos da cidade: lordes, conselheiros, comerciantes, os grandes e os bons? Será que Ralph Alleyn estava entre eles? Ou Greye? Ou eram antigos como Forrest, homens que sonhavam com druidas e deuses perdidos, que elaboraram teorias tolas em livros que ninguém lia?

Não conseguia ver. Estava na extremidade do biombo de madeira e mesmo assim não conseguia ver.

A mão de Sylvia me apertava, mas consegui soltá-la. Andei através da abóbada, por um instante pequeno na luz, esgueirei-me pela passagem e me encolhi atrás das pedras. Meu coração batia fortemente em meu peito.

Então, respirei e espiei a câmara.

Bladud

Além da órbita terrestre, está a escuridão. Vivemos por meio da luz da Lua e do Sol, de tochas e velas. Tememos o que está do lado de fora de nosso círculo aquecido. Mas os druidas e homens sábios precisam saber. Precisamos saber como a escuridão às vezes se move dentro de nós, como a deixamos entrar. Medo, traição e pavor. Esses são os mistérios do tempo, a cobra que come seu próprio rabo.

Lembro-me de que escalei minha torre de madrugada e olhei de seu topo. Pude ver um caminho comprido, tão longe quanto os montes permitiam. Consegui ver o dia começando e, ao oeste, pude ver o local onde terminaria. Pois o dia é um círculo também. Encaixei as asas em minhas costas e as abri largamente. Meu coração pulou de medo enquanto a brisa me lambia. Meus pés estavam na borda do trabalho de pedra. As penas faziam barulho e se movimentavam com a energia que possuíam. Estava mais uma vez em um lugar entre a vida e a morte.

Pulei no céu azul, gritei.

SULIS

Havia uma passagem e, no final dela, uma câmara que não tinha nada dentro, a não ser um ponto saliente circular no centro.

As paredes eram de pedras gastas. Simon disse:

– Bom, sem tesouro!

Continuaram olhando à sua volta.

Sulis estava desapontada, como se estivesse esperando alguma mensagem de Forrest ali ou algum objeto que tivesse deixado. O telhado acima dela era obscuro. Virou a tocha para ele e viram a cuidadosa mísula de anéis de pedra.

– Para que serviam? – resmungou Josh.

– Boa pergunta.

Simon foi pegar a câmera e a trouxe para dentro.

– Não há nada para nos falar.

Suas vozes soavam como se estivessem bem fundo, em um poço, ou como se a grande fachada sobre o chão os cercassem, mesmo ali em baixo. Sulis agachou-se sobre o círculo central.

– Há isto, um poço, ou melhor, já foi um.

Mesmo agora, a terra parecia estar úmida, colocou sua mão sobre ela e a sentiu. Havia um calor fraco, mas real. Seus dedos afundaram em uma lama macia, enfeitada com grãos de pedras minúsculos.

Simon inclinou-se e olhou.

– Uma terma? Isto é extraordinário.

Sulis sentiu o calor nas pontas de seus dedos. Algo a fez cavar mais fundo, enfiou seus dedos e deixou cinco buracos que foram preenchidos, vagarosamente, por águas que subiam das profundezas da terra.

– Forrest devia ter conhecimento de que isto estava aqui.

Simon estava excitado agora.

– Talvez seja a verdadeira razão de ele ter escolhido este local para construir o Círculo. Tenho certeza de que ninguém mais sabe sobre isto aqui.

Olhou ao redor.

– Sabe! Deveríamos realmente trazer um geólogo aqui embaixo.

Mirou a lanterna na escuridão, a luz passou por algo opaco.

– Lá! – disse Josh.

– O que é aquilo?

A lanterna focou novamente tentando achar algo. Sulis virou a sua para lá também. Ambos os fachos convergiram e pararam.

Iluminaram uma pedra quadrada. Estava ali sozinha. Tinha sido colocada intencionalmente ali no chão desnudo. Tinha sido polida e, ao lado dela, uma imagem havia sido esculpida, sem estar desgastada, como se ainda fosse fresca ou retirada do formão dos trabalhadores. Simon respirou fundo. Então olhou para Sulis.

Ela estava quieta, incapaz de mover-se.

– O que é isto? – Josh murmurou.

– Uma métope.

A voz de Simon era baixinha.

– Parece que é uma extra. Uma que não usaram no Círculo.

Sulis deu alguns passos para a frente. Trouxe o facho da lanterna para perto da imagem, agachou à sua frente, correu a luz sobre as extremidades que se desintegravam sobre a superfície polida.

Mostrava uma figura alada, braços abertos, mergulhando na direção da terra.

– Ícaro – disse Josh.

Simon encolheu os ombros.

– Está mais parecido com Bladud. Forrest era fascinado pela lenda local. Alguns até falavam que ele se imaginava como Bladud, de algum modo bem estranho. Bladud fez asas para si. Atirou-se de um templo qualquer e tentou voar.

Sulis tocou a pedra. Estava mais perto dela do que deles. Seus olhos estavam próximos à pedra granulada dourada, a pedra da cidade, cortada das colinas, da pedreira de Ralph Alleyn, trazida aqui e esculpida com aquela imagem. Podia ver que a figura alada tinha cabelos compridos. Era um homem? Ou uma garota?

Josh estava perto dela. Dizia:

– Você está bem, Sulis?

Não conseguiu responder. Em vez disso, falou:

– O que aconteceu com ele? O druida?

Simon levantou-se, seus joelhos estalaram.

– Foi feito em pedaços, diz o livro.

De algum modo sabia disso. E nas sombras atrás dela, nos lugares escuros da câmara, sabia que alguém mais estava em pé ali. Não era Simon ou Josh. Sabia quem era.

O cheiro mostrou quem era. Isso a deixou ofegante por causa de suas lembranças. O cheiro das folhas mortas, do solo, do mofo, ou de roupas encharcadas pela chuva. Virou sua cabeça vagarosamente e o viu perto da porta, mas já tinha suas costas voltadas para ela. Andou atrás de Josh e Simon, não fazendo barulho, e nenhum dos dois o vira. Andou pela abóbada de pedra e não olhou para trás.

Ela se levantou.

– Tenho de ir. Pegar um pouco de ar fresco.

– Sulis...

Passou por eles, abrindo caminho. Jogou a lanterna para Josh, que a pegou antes que caísse e quebrasse. Saiu correndo pela câmara, sob a abóbada, voltando até o porão. Uma sombra se movia à sua frente, talvez a sua própria, talvez a de outra menina, correndo e rindo. Na frente delas, um desconhecido andava.

Enquanto corria para o pátio encharcado, a noite se apresentava com uma neblina em forma de redemoinho. A Lua, um disco prateado, girava sobre algum lugar acima.

Correu os degraus e parou no meio do caminho.

Ele estava lá.

Tateava a porta da casa, a casa de Sulis. Ao parar na escuridão, viu que tirara uma chave e a enfiara na fechadura. Então a virou. A porta abriu e ele entrou.

Olhou para os painéis negros fechados, incrédula. Então, subiu os degraus e o seguiu. O corredor parecia normal, apesar de um pouco de neblina ter entrado. O homem subia as escadas correndo, passos pesados e respiração ofegante. Já não mais se fazia visível ao redor do parapeito.

– Espere.

Assobiou.

– Não suba aí!

Hannah estava sozinha lá.

Sulis subiu às pressas, o mais quieta que conseguiu. Estava um pouco à frente! Mas quando virou para as plataformas no final dos lances de escada, parecia que os degraus estavam cada vez mais longe. A sombra dele era enorme e distorcida na parede de cima, correu até chegar à porta do *flat* e encontrá-la entreaberta.

Andou silenciosamente pelo corredor.

– Hannah?

A sala estava vazia, o rádio cantava timidamente para si mesmo. Conseguia ouvir a voz de Hannah no quarto, conversando ao telefone. Talvez com Alison. Sulis olhou ao seu redor.

A porta pequena do sótão estava aberta. Subiu correndo e parou do lado de fora do seu quarto. Dava para se ouvir um barulho lá dentro. Esperou, pôs sua testa na porta e tentou identificá-lo. Um estalido macio. Uma pancada. Olhou para trás esperançosa de que Josh a tivesse seguido. Mas não havia ninguém lá. Sabia que estava muito sozinha ali, como estivera desde aquele dia em que, juntamente com Caitlin, fugiu da escola e tomou o ônibus para o parque.

Virou a maçaneta.

Seu quarto estava opaco e quieto. A cama feita impecavelmente. Suas roupas em uma pilha em cima da cadeira. Não havia sinal de que alguém tivesse estado ali. Mas enquanto observava, uma pancada na janela a fez dar um pulo. Então, um *flash* vívido de escuridão passou por ela e a fez suspirar e pular para trás, deixando que a porta batesse com seu choque.

Havia um pássaro no quarto. Voava nos cantos do seu olhar, sob a olhadela da Lua. Batia asas contra o espelho, em sua cornija. Fez com que o casaco que estava pendurado na porta balançasse e caísse. Bateu contra a janela, como uma pedra. Ela tinha de deixá-lo sair. Cuidadosamente, com medo de que o pássaro enroscasse em seu cabelo ou bicasse seus olhos, andou até a extremidade do quarto, passando por sua cama até chegar à janela. Estava destrancada. Forçou a janela para trás e, quando o fez, o pássaro passou por ela, grasnando. Olhou para ele, preto, em um voo recortado, louco de medo.

Agarrou no batente e abriu a janela. O ar gelado da noite bateu em seu rosto. Virou-se.

– Está aberta! Vá! Saia!

A janela abriu-se completamente. De repente, o quarto ficou em silêncio. Ficou esbaforida. O ar da noite soprava seus cabelos em seus olhos. Havia um pássaro ali? Pois o quarto estava em silêncio e já não tinha certeza de mais nada.

Então, como uma flecha, saiu do espelho e voou por ela, adentrando a escuridão da noite. Ela o viu ziguezaguear por sobre o telhado largo.

Escalou-o depois disso, pela janela, até a base da grande pedra em forma de lande que se erguia para o céu. Embaixo estava o Círculo, quieto. Seus postes de luz obscuros, as árvores no centro eram como massas de sombras inquietas.

– *Sulis.*

Virou-se.

Ele estava sentado nas telhas. Seu casaco estava atrás dele como asas. Disse:

– *Lembra-se de mim, Sulis?*

O coração dela disparou. Disse:

– Você me encontrou.

– *Encontrei você há muito tempo. Mas você nunca me escutou, Sulis. Você continuou fugindo de mim. Pessoas diferentes, cidades diferentes. Foi apenas quando você veio para cá, que soube que conseguiria falar com você. Este é o meu lugar.*

O rosto dele estava marcado com cicatrizes, sinais de lepra e sujeira. A respiração dele era ofegante no ar. Seus olhos eram de um castanho firme.

Ela disse:

– Josh não acredita que você existe. Disse que você não estava lá, no museu, na rua e no ônibus.

– *Talvez esteja certo.*

Ela balançou a cabeça.

– Você vai me empurrar, como fez com Caitlin?

Ele sorriu.

– *Não empurrei Caitlin. Sabe disso.*

– Vi você.

Virou-se e o encarou. As palavras cresceram dentro dela e saíram.

– Você sempre esteve em minha vida, desde aquele dia. Arruinou minha vida. Tudo era muito diferente antes de você.

– *Caitlin arruinou sua vida.*

Olhou-o surpresa.

– Caitlin era minha amiga.

– *Era? Tem certeza?*

Lógico que tinha certeza. Mas, assim que ele falou, já não estava tão certa. Parecia que tinha iluminado algo que ela nunca havia parado para atentar, algo que sempre assumira como certo.

– *Você se recorda.*

Levantou seu braço alado e apontou.

– *Lá está ela.*

Um fantasma de menininha, com suas costas voltadas para Sulis, inclinando-se precariamente sobre o parapeito. Um contorno fraco na noite.

Sulis estava com frio. Seus dedos estavam tremendo.

– *Se é sua amiga, chame-a. Ela vai se virar. Você a verá novamente.*

Não conseguia se mexer. Seus lábios estavam secos.

Não queria proferir seu nome. Não queria ver a garota virar-se. *Não queria ver o rosto dela.*

Uma voz disse:

– Sulis? Onde está você?

Hannah e Josh. Sulis rapidamente entrou no quarto, correu até a porta e a trancou, girando a chave segundos antes de alguém bater duramente.

– Su, você está bem?

Andou para trás, sem fôlego.

– Estou.

– Simon disse que você saiu correndo tão rápido...

– Estou bem. Só estou... me trocando.

– Josh está aqui.

– Eu sei. Cinco minutos. É tudo.

Voltou e escalou a janela novamente.

A névoa estava subindo como garoa fina, obscurecendo as luzes.

Ele não tinha ido embora. Suas mangas estavam cobrindo suas mãos, como se estivesse com frio. Virou sua cabeça, seus olhos eram atentos como os das gralhas.

– *Conte-me sobre Caitlin* – disse.

Sulis se sentou na soleira.

– Brincávamos juntas, construíamos torres e casas.

– *Juntas?*

– Quase juntas.

– *Você quer dizer que você as construía.*

– Sim

Sulis balançou a cabeça e se lembrava.

– Eu as construía. Sempre queria brincar com aqueles blocos, mas ela não. Dizia que eram chatos. Uma vez, construí uma torre muito alta que ela derrubou.

Por que ela havia se esquecido disso?

– Ela me fazia andar até sua casa, todas as noites, depois da escola. Ficava quilômetros distante da minha, mas não se importava. Apenas ria.

Ele olhou as árvores.

– *Você poderia ter dito não?*

– Não conseguia. Ela era mais forte do que eu. Fazia o que ela mandava.

Agora havia se permitido lembrar e o fantasma da garota sentada no parapeito parecia ficar mais sólido, com a brisa balançando seu cabelo.

– Quando ela estava presente, eu era sempre mais quieta e inferior. Eu parecia a sombra dela.

Ele atirou uma pena na escuridão.

– *Somos todos sombras.*

Sulis estava chocada. Que porta deveria destrancar para deixar tudo isso sair? Pois todos esses anos, depois da morte de Caitlin, nunca se permitira pensar.

– *A fuga* – sussurrou.

– Foi ideia dela. Não queria ir. Ela me arrastou.

Lembrou-se da mão de Caitlin na dela. O cochicho assobiado, ferozmente, em seu ouvido. “Fica! Nunca mais falarei com você de novo”.

A pressão, a súplica. As palavras eram quentes e humilhantes.

– Su?

A voz de Josh se fez escutar.

Houve um ruído na porta do banheiro que ela ignorou.

O desconhecido desceu escorregando pelo telhado na direção dela. Sua face estava curada agora, a lepra desaparecia enquanto olhava para ele. Os olhos dele eram de um castanho profundo.

Disse:

– *Mas você foi. No ônibus e no parque.*

– Mas chorei. O tempo todo. Queria ir para casa. Estava com medo. Mas ela continuava dizendo: "Cale a boca. Tudo vai dar certo. Nós lhes mostraremos...", eu a odiava.

– Su, por favor, abra a porta!

Ela se virou, mas a voz dele a paralisou.

– *E o desconhecido?*

Estava em pé com seus braços ao redor de si mesma e podia dizer.

– Ninguém subiu à torre com a gente. Nenhum mendigo. Nem você. Ninguém.

Ele sorriu, satisfeito.

– Escalar a torre foi ideia dela. Empurrou-me à sua frente. Chegamos ao topo e ela estava rindo de mim, fazendo algazarra, dizendo que podia fazer qualquer coisa. Que podia voar. Sentou-se na beirada, seus pés balançavam. Eu disse para ela levantar-se e sair de perto da beirada. Implorei-lhe, mas ela não me ouvia.

O fantasma da menina era real agora, sua jaqueta cor-de-rosa acolchoada e à prova d'água, o chapéu de lã e suas duas tranças loiras.

Sulis olhou fixamente para ela.

– *Caitlin se levantou, abriu os braços. Olhe, ela está fazendo isso agora. Você pode vê-la?*

– Posso. Ela segurava meu pulso. Tinha de me soltar. Empurrava-me. Eu estava gritando.

– *Você lutou?*

– Lutamos.

– *Você bateu...*

Eu a chutei.

Você a empurrou.

– Gritei.

Ele estava ao seu lado. Havia som de pancadas bem altas vindo de algum lugar, vozes no parque e uma lanterna iluminando-a.

Ela disse:

– Todos estavam gritando. E ela estava em pé na beirada.

– *Só para lhe mostrar...*

... que conseguia. Só para me mostrar...

Era a mais forte.

A menininha fantasma subiu e se equilibrou. Cambaleou.

Ao lado dela, um pássaro bateu asas na escuridão com um grasnado ríspido. Sulis tentou alcançá-la.

– Minha mão. Olhe, aqui está. Eu fiz isso? Eu a empurrei? *Eu a matei?* Eu era a desconhecida?

Não houve resposta. A mão dela se aproximou do casaco acolchoado cor-de-rosa, pois estava com receio de que Caitlin se virasse, que visse seu rosto novamente, depois desses anos todos. Mas sua mão moveu-se incontrolavelmente, para a frente, estendida contra o tecido de seda que estava entre os ombros.

Até que Simon destrancou a porta e disse já sem fôlego:

– Su, está tudo bem?

ZAC

O que havia esperado ver?

Um círculo de homens usando trajes druidas? Cerimônias profanas e secretas? O sacrifício de uma garota da vila com uma foice dourada?

Alguma coisa parecida.

Talvez algo assim tenha acontecido, pois a câmara estava obscurecida por uma névoa leve, como se homens tivessem estado lá há pouco tempo e partido em direção às sombras, ao nada.

Forrest estava sozinho.

Sentou-se e esperou ao lado da fonte, com seu casaco colado ao chão. Disse:

– Zac! Sylvia! Entrem.

Por um momento, tive a estúpida ideia de voltar às pressas para minha cama, fingir que não estivera em lugar algum perto deste local.

Sylvia passou por mim. Seu vestido roçava em si mesma emitindo ruídos. Então, tive de segui-la, sentindo-me tão envergonhado e tolo que mal podia respirar.

Tinha acendido um círculo de velas que se queimavam.

Sob sua luz, vi a nascente rodeando outros círculos ovoides pequenos e marrons espalhados pela terra.

Pisei em um, acidentalmente, que se quebrou embaixo dos meus pés.

Inclinei-me e os olhei.

Eram landes.

Forrest disse:

– Receio que perdera nossa pequena cerimônia, Zac.

Não conseguia dizer o quanto estava chateado. Havia uma grande expressão pesarosa nele, parecendo ser uma mistura de tristeza e ira.

Ao meu lado, Sylvia tremia. Disse:

– Senhor, estávamos...

– Curiosos?

– Sim e nada mais.

Riu. Um som seco e melancólico. Disse:

– Não me oponho à curiosidade. Mas pensei que merecesse mais do que isso de você, Zac.

Inicialmente não entendi. Então, levantou uma das velas, movendo-a para perto de si. A luz iluminou o que parecia uma planta da obra, espalhada no chão. Sobre suas pontas havia pedras douradas prendendo-a ao chão.

Olhou-me por cima dela.

– Que gozação é esta, Zac? – sussurrou.

Por um momento, minha mente ficou tão escura quanto aquela câmara. Então, Sylvia fez um som baixo, típico de um desmaio. Fora como se um feixe de luz tivesse entrado em minha escuridão. De repente, compreendi tudo. Entendi que a planta que estava à frente era aquela que eu desenhara, a cópia empenada e grotesca do trabalho dele. *Ela havia dado a cópia verdadeira a Compton.*

Não consegui me mover. Respirar era impossível. Olhei-a. Apenas uma olhadela. Seus olhos estavam fixos em mim. Seu rosto estava branco como giz. Nosso olhar durou uma fração de tempo. Mesmo assim, vi toda minha vida passando em minha mente, os anos de aprendizado, os edifícios que nunca iria projetar. Do mesmo modo, vi a vida de Sylvia, mendigando em uma rua de Londres, perdendo-se naquela cidade suja e em trevas.

Ela nos tinha traído. Por que deveria salvá-la?

Ainda assim, endireitei minha postura, arrumei minhas mangas e não disse nada.

Forrest tocou a planta.

– Onde está a original?

– Vendida – sussurrei.

– Para Compton?

Inclinei-me. Palavras só me reprovariam.

Balançou a cabeça, querendo muito falar.

Sua voz estava sufocada pela amargura.

– Você tinha dívidas de jogo com ele?

– O mestre Alleyn lhe contou?

– Ele sugeriu. Mas, Zac, por que você não me procurou?

Estava em pé, encarando-me. Suas palavras ásperas e brutas lhe tiravam pedaços ao saírem.

– Será que fui um mestre tão proibitivo? Será que merecia isso?

Ao meu lado, Sylvia parecia uma sombra na câmara. Não falava comigo, nem me olhava. Queria gritar com ela na frente dele.

Ela fez isso! Esta garota mentirosa que você acolhera, preferindo-a a mim.

Mas apenas balancei a cabeça.

Pegou a planta e jogou-a em minha cara.

– Você me insulta com isto! Poderia ter-lhe perdoado as dívidas, Zac, até mesmo entregar os segredos de meu trabalho, mas destruí-la! Fazer o homem construir esta ruína aleijada... para me destruir. Isso nunca conseguirei entender.

Estava em pé, perto de mim. Seus olhos estavam negros.

– Construir é uma mágica, Zac. É a nossa arte mais elevada. Nunca deve ser traída.

Sylvia deu um suspiro sufocante.

Por um pequeno momento de alegria, achei que ela lhe contaria, que confessaria, mas não o fez. Virou-se e passou por mim, fugindo na escuridão do túnel.

Forrest andou para trás. Aproximou sua mão do rosto e empurrou os cabelos enrolados para trás. Então, virou-se para longe de mim.

– Não suporto nem olhar para você. Vá agora, senhor. Vá para casa, arrume suas coisas e vá embora. Não esteja lá quando eu chegar. Nossa sociedade terminou.

Havia muitas coisas que poderia ter dito. Meu rosto estava vermelho de tão humilhado. Mesmo assim, continuava arrogante. A arrogância queimava dentro de mim como veneno. Levantei a cabeça e virei abruptamente, o mais friamente que consegui. Enquanto saía da sua presença, andando pela escuridão, senti um grande remorso. Era tudo o que conseguira fazer; não lhe dizer o que a garota fizera. Pois ele a estava deixando em sua casa, como uma víbora, enrolada ao seu redor.

Parei.

– Senhor, por favor...

– Vá embora, Zac – explodiu como um choro dentro dele.

Então, fui embora. Lá fora, a noite apresentava uma névoa fria e fantasmagórica. Parecia haver mais luzes do que o normal no local da construção, mas eram meras nebulosas pálidas. Meu fôlego esfumaçava ao meu redor.

Andei pelos montes de pedra olhando para direita e esquerda. O que seria de mim? Por que estava jogando a minha vida fora por uma garota que era capaz de fazer algo assim contra nós? Por uma vadia das ruas que não tinha a menor preocupação comigo?

Parei. Voltaria e o faria me escutar. Se ela fosse mandada embora, por que deveria ligar?

– Zac.

Ela estava em pé na entrada de uma das casas que já tinham sido terminadas.

Olhei-a através da escuridão. Disse:

– O que você fez? Confiei em você, Sylvia! Eu...

– Você lhe contou? Contou?

Balancei minha cabeça negativamente. Ela deu um pequeno gemido.

– Você deve. Você tem de...

– Não vou – disse altivamente.

Todas as minhas decisões de alguns minutos atrás tinham desaparecido. Era um senhor *Peacock* novamente.

Colocou suas mãos no rosto.

– Então, eu direi.

– Não. Aproximei-me dela rapidamente, por entre os montes de pedras.

– Você acabará nas ruas.

– Eu mereço isso.

Não queria discordar. Ao contrário, perguntei:

– O que a prende a Compton?

– A mesma coisa que prendeu você.

Balançou a cabeça e desabafou.

– Você acha que as mulheres no Gibson's não podem apostar? Devia-lhe mais do que você. Ele planejara tudo, uma vez que soube onde estava. Não tive escolha.

Não estava chorando. Seu rosto estava branco e cansado.

– Sim, você teve.

– Pessoas como nós não são livres, Zac. Tentei fugir, muitas vezes. Tinha medo. E agora traí Forrest. Daria minha vida por ele, sabia? E ainda assim fiz isso.

Fiquei em silêncio.

Por um momento, toda a cidade ao nosso redor parecia quieta. Os ombros escuros das colinas, a desordem das casas aglomeradas abaixo. Então, um cachorro latiu em algum lugar. Sylvia disse:

– Não vá embora. Volte para casa e, quando ele chegar lá, conte-lhe a verdade. Conte-lhe tudo.

– E você?

– Não se preocupe comigo. Continuarei minha vida. Tenho minhas roupas e um pouco de dinheiro. Estarei bem.

Riu, com uma alegria frágil.

– Sempre haverá outra cidade. Pode não ser a perfeita que Forrest quer construir, mas terá de ser suficiente para mim. Adeus, Zac *Peacock*.

Não conseguia sorrir. Em vez disso, balancei minha cabeça para a frente. Queria dizer mais coisas, mas virou-se e entrou na construção. Esperei. Ela não voltou.

Quando me virei para ir embora, houve um instante em que me senti perdido. O caos do local da obra, comum para mim, subitamente desorientador, a fachada circular perfeita, como se as trinta casas do Círculo tivessem crescido para fora de nossas imaginações; erguiam-se como pedras enormes de uma formação circular, testemunhando minha estupidez. Estava em pé, incerto, pensando por um momento nas árvores à minha frente. Cinco imponentes árvores erguiam-se no coração da obra. Seus galhos atrapalhavam a visão da lua. Um pássaro passou por mim batendo suas asas. Olhei para o alto para vê-lo.

Eu a vi.

Tinha escalado as escadas em um andaime de uma das casas, diretamente para o parapeito de um telhado. Seu vestido era opaco e brilhava ao luar. Estava inclinada sobre o trabalho de pedra, suas mãos seguravam a laje recém-cortada. Olhou para baixo em direção aos locais bagunçados da obra.

Meu fôlego parou na garganta.

Forrest saiu do porão. Gritei:

– Mestre!

Virou-se rapidamente e olhou para o lugar que apontei. Houve um momento de silêncio. Então, ambos corremos. Alcançou a casa primeiro.

Ouvi-o subir as escadas como trovão, pulando os degraus que levavam aos andares superiores.

Subi atrás dele. Minhas mãos escorregavam na graxa. Nuvens de pó de pedra caíram sobre mim como neve dourada. Os estandartes terminavam em um ponto culminante no céu. Achei a escada e atirei-me em seus degraus, sem fôlego, com o coração batendo forte.

No topo, por um momento, tudo era preto diante dos meus olhos, pontos esquisitos me deixaram tonto. Andei pela ponta do andaime até chegar ao telhado, cambaleante.

– Sylvie.

Forrest estava à minha frente, no escuro. Sua respiração não passava de um chiado.

– Por favor, não faça isso!

Parei atrás dele.

Estava sentada com as pernas no vazio. Em alguns lugares, o telhado era apenas um esqueleto de treliça, fileiras ordenadas de ardósias estavam empilhadas, prontas para serem utilizadas. Espaços, através dos quais homens poderiam cair facilmente se apenas bocejassem no escuro. Forrest mal conseguia respirar. Ouvia a respiração ofegante e dificultosa em seu peito.

– Sylvia?

A voz dela vinha de longe.

– Não culpe Zac. Fui eu.

Lutava para respirar. Tentei ultrapassá-lo, mas não havia por onde na plataforma estreita.

Ela disse:

– Compton queria as plantas. Disse para eu pegá-las. Devia-lhe dinheiro. Havia mais coisas. Conheci-o no Gibson's...

– Você o amou? – sussurrou Forrest.

Virou-se. Seus olhos eram escuros em seu rosto fantasmagórico.

– Achei que sim, certa vez. Era refinado, bonito e disse coisas..., mas logo percebi o que ele era. Sua crueldade, seu escárnio. Nunca conseguia me livrar dele. Estava sempre atrás de mim.

Encolheu os ombros em um movimento desesperado.

– Eu o odeio e não consigo me livrar dele. Parece ser mais forte do que eu, precisando apenas me olhar ou me dizer algo para que eu lhe obedeça.

Olhou a noite nevoada.

– Zac queria dar-lhe as plantas falsas. Mas sabia que descobriria o que eram, mais cedo ou mais tarde, e viria atrás de mim.

Forrest disse:

– Não importa...

– Lógico que importa – respondeu furiosa. – Você me deu uma vida, e eu o traí.

A voz dele era rouca.

– Sim, mas, se você pular daí, me trairá novamente, só que para sempre, Sylvia. Nunca conseguiremos mudar isso. Por toda nossa vida, a de Zac e a minha. Sua imagem, pulando, estará sempre conosco. Vamos vê-la ao dormirmos.

Aproximou-se.

– E meu trabalho e minha edificação serão destruídos. Você os arruinará.

Será que sabia que isso a faria sorrir?

Pois sorriu. Um sorriso molhado e pesaroso.

– Será sempre sua construção.

– Sempre.

Ajoelhou-se, esticando sua mão para ela. As madeiras estalaram. Ela percebeu que eu estava atrás dele. Disse:

– Já não lhe entreguei a planta?

– Não. O projeto é meu. Deixe Compton copiar e ficar famoso por isso. Não importa.

Soltou uma risada ofegante.

– O Círculo vai ser erguido. Isto é o que realmente importa. Projetei-o para nós três; pontos de um triângulo.

Tossiu. Seu corpo inteiro tremia em busca de um pouco de ar. Agachei-me, rapidamente. Sabia que era seu plano, um ataque falso de asma para trazê-la às pressas ao seu socorro. Segurei seus braços e inclinei-me.

– Ela virá, sei disso!

Seu vestido se prendeu na madeira. Rasgou-o com raiva e veio em sua direção. Forrest tinha o rosto baixo, longe de mim.

Senti sua luta violenta para respirar. Seus dedos arrancavam a madeira, seu peito inchava. Então se curvou, encostando-se em mim.

Olhei-a. A primeira pancada de medo me atingiu.

– É real. Ele está realmente...

Ela segurava seus braços. Tentávamos mantê-lo na posição vertical. Ele respirou ofegante, lutando por ar, como se brigasse com um demônio, como se o próprio ar fosse seu inimigo. Seu rosto enrubesceu-se, seus olhos encaravam uma escuridão que não conseguíamos ver. Ele estava certo, pois nunca me esqueceria daquela luta pela vida, aquela respiração ofegante, o aperto de sua mão na minha, tão forte que me machucava. Suas unhas cortavam a palma da minha mão.

Percebi a perda repentina da força de seus dedos.

Silêncio.

Segurei-o até ter certeza de que não havia mais força nele, nada mais para acontecer, até que naquele coração exaurido pelo trabalho excessivo não restasse nem mais uma batida. Sylvia soluçava incontrolavelmente. Eu não conseguia chorar ou sentir nada. Quando o coloquei deitado sobre as tábuas de madeira, senti como se minhas forças tivessem saído de mim.

Tremia. Estendi minhas mãos para ela. Segurou-as.

Em algum lugar acima de nós, um pássaro bateu asas e desapareceu na noite.

Bladud

Como posso lhe contar sobre o êxtase de voar?

Ser livre do empuxo da terra, ficar livre e bem alto no céu azul. Nunca ser empurrado para baixo ou ter medo de cair.

Haverá muitas histórias a meu respeito. Aqueles que gostam de histórias terríveis e realistas dirão que mergulhei verticalmente em direção à terra e que fui despedaçado pelas pedras. Como Ícaro, voei nas alturas. Como Lúcifer, rebelei-me e permaneci orgulhoso. Mas os sonhadores e poetas farão versões diferentes. Dirão que voei para terras distantes, que me tornei um pássaro e assombro para a cidade ainda, que volto às vezes em forma humana.

Você terá de decidir o que é verdade e seu real significado.

Além do Círculo, estão os céus e as estrelas, segredos que só os druidas conhecem...

Você não poderá ir mais longe ainda.

Deve parar agora, olhar ao seu redor e entender.

O Círculo o ajudará.

O Círculo é a magia mais antiga.

Sulis

Estavam no carro. Simon dirigia. Hannah sentara no banco do passageiro, usando um lenço e seus óculos escuros, tentando se parecer com uma atriz de um filme dos anos 1950. Haviam saído da cidade e atravessado as colinas em meio a um sol glorioso no céu, e árvores que compartilhavam suas últimas folhas douradas.

Sulis e Josh sentavam-se no banco traseiro. Nenhum dos dois havia trazido música para ouvirem ou algo para fazerem. Ambos só se sentaram e ouviram Hannah papeando. Olhavam os campos verdejantes pelas janelas opostas e, de vez em quando, se entreolhavam.

Hannah disse:

– Vocês dois estão muito quietos.

– Estamos bem! – disse Josh.

E estavam.

Sulis olhou o seu reflexo através da luz do sol. A tintura de seu cabelo estava começando a desaparecer, as raízes estavam cor de cobre. Havia parado de alisá-lo. Voltou a ficar ondulado, o que a fez parecer diferente.

Usava uma camiseta simples, verde e azul, e uma jaqueta nova que Hannah lhe comprara.

Sentiu-se como uma transformadora de aparência.

– Não está longe agora.

Simon mudou a marcha e saiu da estrada principal.

– Estou lhe dizendo, você vai adorar. Um local estranho. Forrest veio aqui e pesquisou o lugar minuciosamente.

– E se não adorarmos – disse Hannah suavemente.

– Achamos um bar.

Josh disse:

– Parece bom.

A rua era estreita, com cercas altas dos lados. Gralhas subiam de galhos desnudos de olmeiros.

Depois de cruzarem uma ponte estreita e passarem um pedágio, atravessaram uma vila minúscula e encostaram em um estacionamento atrás de algumas casas.

Quando o motor parou, o silêncio voltou.

Hannah abaixou o vidro.

– Apenas ouçam isto!

Ovelhas. Baliam e pastavam no campo.

Sulis abriu a porta e saiu.

– Então, onde é o lugar?

– Bem aqui.

Simon estava pegando sua câmera no porta-malas. Tirou algumas caixas, um tripé, alguns livros e um tapete.

Sulis e Hannah entreolharam-se. Então, Hannah sorriu.

– Vocês dois vão à frente. Carregarei todas estas bugigangas com Simon. Você achou que era uma viagem ao Saara e não a Stanton Drew, hein?

Josh abriu o portão e, juntamente com Sulis, entraram.

Andaram lado a lado por uma trilha até uma escada que escalaram, usada para passar sobre a cerca. Deixaram Simon para trás, pois queriam pegar um panfleto na cabine de informações turísticas.

Ela se sentou no topo do portão e olhou para os círculos. Eram incrivelmente antigos. O círculo maior estendia-se pelo campo. Ovelhas pastavam e cochilavam ao redor das pedras. Parecia um rebanho debandado. Mas, quando desceu e andou em direção a elas, subindo em uma pequena rampa, viu o círculo que se erguia ao redor dela com lajes grandes e pedras arredondadas. Algumas caídas, outras distorcidas e outras faltando.

– Não é só um Círculo – Josh lia o panfleto.

– Na verdade, são três. Aquele lá é o menor. O círculo tinha pedras que pareciam uma avenida conduzindo para o lado externo. Diz aqui...

– Não leia sobre os círculos, contemple-os.

Ficavam em um vale baixo. Colinas e montes os cercavam por todos os lados.

Enfiou o panfleto no bolso e andou silenciosamente entre as pedras. Ovelhas moviam-se para fora do caminho ou paravam e os olhavam, ruminando.

Uma grande pedra havia caído no local do pequeno círculo. Sulis se sentou nela. Josh pôs seu pé na pedra, as mãos no bolso e olhou em volta.

– Então, o que há de tão maravilhoso?

– Não me pergunte. Foi ideia de Simon – Sulis sorriu largamente. – Ele disse que eu precisava sair, ver um pouco do interior e pegar ar fresco.

Josh balançou a cabeça. Observavam Simon e Hannah carregarem a câmera até o portão e voltarem para o carro para pegarem mais coisas. Então, Josh disse:

– Você não ia pular daquele telhado, ia?

– Claro que não.

Tirou os dedos da luva de lã.

– Então, por que...

– Havia um pássaro preso em meu quarto. Tinha de tirá-lo de lá.

Não tinha intenção de contar-lhe tudo o que acontecera, pois não sabia mais o que tinha acontecido consigo mesma. Nos últimos dias, quanto mais pensava no assunto, mais vago tudo parecia ficar. Parecia que as vozes eram de sua cabeça. O desconhecido no telhado era só uma sombra, e a garota, uma mancha em sua imaginação.

Tudo que sabia era que estava livre. Pela primeira vez desde a queda de Caitlin, estava livre.

– Que tipo de pássaro?

Não respondeu. Em vez disso, falou:

– Ouça, Josh. Lembrei-me de tudo o que aconteceu.

Ele aguardou.

Disse:

– Você estava certo. Nunca houve um desconhecido. Consigo ver isso agora. Não sei por que não conseguia ver isso antes... parece que a minha mente criou um tipo de cicatriz dura sobre o que aconteceu, e tocá-la era dolorido. Lembrei o que aconteceu com Caitlin.

Do outro lado do campo, Simon montava a câmera.

– Não era realmente uma amiga, era? – perguntou Josh.

Sulis olhou para ele, surpresa.

– Não, não era. Como você adivinhou? Era uma menina ameaçadora e malvada. Era dominada por ela.

Ficou em silêncio por alguns instantes, olhando para as pedras. Então disse:

– Creio que não queria pensar nela desse jeito depois que morreu. Na minha mente, tornou-se a amiga que sempre desejara, inteligente, entusiasmada e cheia de ideias. Eu a havia mudado.

– Su... se não havia um desconhecido...

– O que aconteceu na torre? – disse, balançando a cabeça.

– Isso também estava escondido dentro de mim. Dentro e oculto.

Olhou para cima.

– Mas acho que sei agora.

Respirou fundo, pois aquilo era muito difícil para ela.

– Subimos na torre porque Caitlin queria. Eu não. Estava apavorada e queria apenas voltar para casa. Ela me puxou por metade do caminho, a outra metade, fui por minha conta, pois tinha de lhe obedecer e fazer o que ela queria. Parece bobo, mas...

– Não, não parece.

Sulis balançou a cabeça.

– Bem, no telhado, ela ficou em pé na beirada. Muito perto da beirada. Sempre estava procurando desafios, brincando com a sorte e se mostrando. Obrigou-me a ficar lá também. Então, cambaleou. Nós... minha mão...

Demorou para responder. Josh sussurrou.

– Você a empurrou?

Será que ela a empurrara?

Por alguns minutos, todos os anos de medo voltaram em sua mente. Mas, disse:

– Não, não a empurrei. Só que tudo era... muito assustador. Eu gritava e ela cambaleava. Estava com medo que nós duas caíssemos. Então me arrastei para longe dali. Não a empurrei. Tenho certeza disso agora. Mas, por muito tempo, por anos, não tive certeza disso. Então, deixei o desconhecido levar a culpa.

– Mas todo esse tempo, Sulis. Todos aqueles lares adotivos, todas as mudanças de...

Olhou fixamente para ele.

– Sim, mas você não vê. Acreditei na existência dele, Josh. E era-real para mim. Estava com muito medo de que me encontrasse.

Ambos sentaram no campo tranquilo. Pensou no que Josh achava dela, mas estava muito aliviada para se preocupar.

Observaram Simon tirar suas fotografias, cuidadosamente, alinhando as pedras com o horizonte e com as árvores.

– Fiquem em pé lá, vocês dois. E *sorria*, Su!

Ela titubeou. Em sua vida, havia apenas uma foto, de uma criança congelada no *flash* da câmera.

Mas Josh pegou sua mão e ambos ficaram em pé, estranhamente, fazendo poses. Simon apertou o botão da câmera e disse:

– Legal!

Riram dele.

Olhou a imagem no visor. Uma Sulis mais velha, calma, a olhava de volta com Josh sorrindo perto dela. Atrás deles, as pedras os rodeavam.

Simon tirou seu kit de sobrevivência: fitas, computador e um teodolito.

– Bom. Hora de trabalhar. Ei, dois! Vocês podem me dar uma mãozinha?

Levou quase uma hora para explorarem o local. No começo estavam dando risadinhas e se enrolando nas fitas métricas, mas, com o passar do tempo, Sulis ficou entediada e tinha certeza de que Hannah também. Então, pegaram a comida no carro, um tapete e sentaram-se embaixo de um carvalho caído, ao lado do local de exploração.

– Olhe isto.

Hannah apontou.

– Deve ter sido uma árvore enorme um dia. Ela é muito antiga.

O tronco branco estava manchado e marcado como se tivesse sido uma madeira flutuante. Um dos lados estava inteiro, mas cortado em um determinado ponto, deitado contra o solo, como se um raio o tivesse atingido há décadas.

Sulis apoiava-se em um galho quebrado e comia um sanduíche. Sobre ela, o céu estava azul e vazio.

Hannah disse:

– Está tudo bem, Sulis?

– Tudo está muito bem.

– Então, você vai ficar conosco?

– Por que não deveria?

– Só pensei que, com a Universidade... as coisas têm andado um pouco confusas. Você se mudando, quero dizer...

Sulis sorriu, lembrando-se da carta que Hannah enviaria para Alison.

Disse firmemente:

– Adoro ficar com você e Simon. Adoro o Círculo, honestamente.

Hannah pareceu aliviada e satisfeita.

– Sabia. Estamos nos tornando uma família.

Sulis riu, rolou e deitou no tapete, observando Josh e Simon caminhando.

Simon se jogou no chão.

– Que lugar! Que paisagem! Olhe isto!

Virou o *laptop* para que eles pudessem ver.

– A exploração de Jonathan Forrest comparada com as leituras modernas. As medidas são exatas, com um erro de três centímetros. O homem era um gênio.

– Comam um pedaço do sanduíche.

Hannah empurrou os pacotes para eles.

– Estes são de ovo e os outros, de queijo. O de homus é meu.

Mais tarde, quando Simon e Hannah saíram para caminhar, de mãos dadas, Josh deu um gole na lata de Coca e disse, distraidamente:

– Adivinhe! Vou para a Universidade.

Sulis olhou-o surpresa.

– O quê?

– Não está contente?

– Lógico que estou, tolinho. Mas pensei…

– Simon arrumou para mim. Ele é um cara legal, não acha? Posso me candidatar para uma subvenção. Pegou os formulários para mim. Tem quase certeza de que vai dar certo. Não é tanto dinheiro assim, mas acha que é suficiente para sobreviver. Talvez me deixem trabalhar por meio período nos Banhos.

Ficou de joelhos e olhou para as pedras.

– Você sabia que houve uma exploração com um radar geológico aqui nos anos 1990 e que encontraram todo tipo de artefatos?

Existem buracos de postes em forma circular sob a grama. Nove círculos concêntricos. Talvez quatrocentas colunas de carvalho, como se uma construção enorme de madeira tivesse existido aqui. Seu centro voltado para o céu.

– Quanto tempo atrás?

– Neolítico. Foi um lugar bem importante. Agora, coberto e esquecido.

– Acho que você vai ser um grande arqueólogo, Josh.

– E acho que você vai ser uma grande arquiteta.

Riram.

– Sulis! Hora de irmos.

Hannah voltava correndo pelo campo.

Sulis enrolou o tapete e o pegou, derrubando Josh na grama barrenta. Ele abaixou sua mão e pegou algo no esterco das ovelhas ruminantes.

– O que é isto?

Jogou uma nela.

– Landes.

Apanhou-a.

– Mas esta árvore está morta há séculos.

As landes eram verdes e frescas. Aproximando-se, Hannah olhou-as e disse:

– Acho que deveríamos levar uma e plantá-la. Nunca se sabe. Seria bom se crescesse. Manteríamos a árvore viva.

Josh riu, mas Sulis pegou uma das sementes e agachou. Fez um buraco com o dedo, cutucando o solo macio e colocou a lande dentro.

– Cresça! – disse.

No caminho de volta, Simon sentou-se no banco de passageiro e logo caiu no sono, roncando suavemente. Hannah cantava com os lábios fechados enquanto dirigia. Aumentou o volume do rádio. Josh lia o panfleto, concentrado.

Sulis olhou pela janela. Enquanto o carro passava pelos montes, viu a cidade abaixo repousada em um buraco secreto, iluminada pelas luzes e suas ruas envolvendo a fonte sagrada como guardiãs.

Estava sentida que Caitlin tivesse morrido. Mas nunca olharia para trás novamente. Podia até contar para Josh seu verdadeiro nome.

Zac

O enterro de meu mestre aconteceu em um dia frio e de vento forte. Na igreja em que havia se casado. Foi uma cerimônia religiosa sombria. Todos os dignitários do conselho da cidade enviaram suas carruagens. Alguns prestaram honra pessoalmente. Ralph Alleyn fez todos os preparativos. Era um amigo verdadeiro. Nunca vira um homem tão devastado. Parecia mais velho, sentado no banco da igreja, como que perdido em suas recordações. A Igreja estava cheia de senhoras elegantes e cavalheiros influentes. Ao me sentar, blasfemei contra cada um deles, um a um, com um veneno amargo, pois a cidade deles iria se beneficiar com o trabalho de Forrest e, mesmo assim, sempre o haviam desprezado.

Sylvia não apareceu. Ficou em seu quarto. Sra. Hall comprou-lhe um vestido preto. Receei que partisse durante a noite, que fugisse, visto ser grande sua tristeza.

Sabia no que estava pensando. Que sua própria imprudência o havia matado.

Era tolice, lógico. Subia nos andaimes todos os dias. Sua asma estava piorando, dia após dia, há anos.

Conseguia entender a agonia de Sylvia. Ela o amou muito, de muitas maneiras que nunca havia experimentado.

Com relação a mim, senti ira e vergonha. Eu o desprezara e agora só conseguia pensar na bondade dele, no seu humor e nas suas obsessões.

Será que precisou morrer para que eu soubesse que o amava?

Será que era tão entorpecido assim para não atentar para isso antes?

Havia uma coisa que poderia fazer, algo que poderia consertar o que fiz: trabalhar arduamente na noite depois do funeral. As plantas se espalharam diante de mim na sua mesa de trabalho. Cuidadosamente, traço após traço, restaurei sua obra-prima.

Compton poderia ter os originais, mas estes seriam idênticos. Removi todas as minhas estúpidas irregularidades e mudanças nas medidas, que pensava serem sutis. Gradualmente, os desenhos do Círculo ganharam novamente suas proporções corretas. A candeia irradiava um feixe de luz enquanto trabalhava. Ao meu redor, a casa dormia e os quartos estavam vazios. Só no quarto de Sylvia, no andar de cima, ouvia-se um barulho de tábua estalando, como se estivesse acordada e se movimentado pelo local...

Devo ter dormido depois disso. Fui acordado com um puxão em meu braço.

– Zac, acorde.

O sol havia nascido. Seus raios lacrimosos entravam pela janela. Meu pescoço estava duro. Percebi que estava deitado em meus braços com as plantas debaixo de minha cabeça. Gemi, tonto.

– Que horas são?

– Sete. Sra. Hall logo estará lá embaixo. Preparei isto para você.

Era um copo de chocolate fervendo e doce. Engoli-o e senti sua doçura me acordar instantaneamente.

Enquanto bebia, ela olhou para as plantas.

– Terminou?

– Sim.

Limpei minha boca.

– Como soube que estava aqui?

Deu um sorriso, seu rosto estava fantasmagórico.

– Eu o ouvi. Desci até aqui e espiei algumas vezes, mas você estava concentrado em seu trabalho.

Coloquei o copo na mesa.

– Ninguém jamais saberá. Um dia, estes papéis estarão em um museu. *Os projetos de Jonathan Forrest para o Círculo do Rei*. As pessoas ficarão maravilhadas com sua beleza e habilidade.

– Nem todos.

Olhei para cima enquanto enrolava os papéis. O vestido preto a fazia parecer pálida. Seu cabelo estava preso atrás. A vermelhidão de seus olhos desaparecera, mas sabia que tinha comido muito pouco nos últimos dias.

– O que você quer dizer?

– Havia uma mensagem. O filho do Sr. Forrest voltará para casa. O navio dele aportou em Bristol e ele está a caminho daqui, neste momento.

Olhei-a. Então ela perguntou-me:

– Ele nos entregará?

Não fazia nem ideia.

– Nunca o conheci. Pode acabar com meu aprendizado ou pode me manter aqui, até que o Círculo esteja terminado.

Não queria pensar no que poderia acontecer com ela. Não importava que tipo de homem fosse, não era Forrest.

– Sylvia... Tem algo mais.

Estava olhando para as plantas com a boca rígida.

– As métopes.

– O que têm elas? Eu não acho que...

– Temos de adicioná-las. Indicar onde serão colocadas, ou o projeto não será como ele queria.

Ela pegou os desenhos das métopes e espalhou-os sobre a mesa, olhando-os. Eram um mistério para mim. Se esses emblemas e imagens fossem as palavras de uma história, estariam em uma linguagem que não conseguiria compreender do mesmo modo.

– Não sei o que significam e qual a ordem que seguem.

– Não importa.

Pegou um lápis.

– Numere-os. Ponha-os na planta. Antes que alguém diga que custam muito ou que são inúteis. Se forem um código, alguém terá de decifrá-lo.

Então, numerei-os. Inclusive incluí um que tinha desenhado, de uma árvore atingida por um raio e com um grande galho quebrado no chão. O brasão de Forrest era um carvalho e agora estava morto. Que memorial poderia se melhor do que esse?

No momento em que estávamos terminando, houve um barulho do lado de fora da casa. Sra. Hall desceu. Ouvimos vozes e seu grito de reconhecimento.

– Rápido! – Sylvia sussurrou.

Enfiamos os papéis em uma pilha organizada e arrumei a escrivaninha da maneira como deveria estar, como Forrest a havia deixado. Depois viramo-nos.

Um homem estava em pé na passagem da porta. Por um momento, confesso que meu coração deu um pulo, como se Forrest tivesse voltado dos mortos, só que vinte anos mais jovem. Era ele.

Os mesmos olhos escuros, o mesmo olhar que tudo via.

Sylvia acenou um gesto pequeno de reverência. Inclinei-me.

Disse:

– Você deve ser Zac.

– Sim, senhor. Bem-vindo ao lar.

Balançou a cabeça.

– Não eram as boas-vindas que eu esperava receber por aqui.

Parecia cansado da viagem. Olhou ao redor, como se ainda esperasse ver seu pai por ali no seu antigo quarto.

Então, sorriu para Sylvia.

– Meu pai me escreveu sobre você.

Naquele instante sabia que ela estaria segura.

Sylvia adiantou-se:

– Mestre Forrest foi o melhor homem que conheci.

John Forrest Junior sorriu suavemente.

– Realmente o era. Acho que nós todos tivemos muita sorte de conhecê-lo.

Jack era jovem, mas trabalhava duro. Nos dias seguintes, foi a todos os lugares da cidade, encontrou Ralph Alleyn, conversou com os trabalhadores e encorajou os empreiteiros.

Não era permitido ser preguiçoso no trabalho do Círculo. Todos os dias, eu via as pedras douradas serem cortadas, enquadradas, moldadas em casas a serem erguidas. Trabalhei ao seu lado, sem minha jaqueta, com minhas mangas de linho enroladas para não se sujarem; eu estava muito diferente do que eu era. Todas as noites, quando íamos para casa, Sylvia e Sra. Hall preparavam uma refeição enorme para nós. Trabalhava o máximo de horas que conseguia. Trabalhava como um animal, sem pensar. Não queria pensar, senão lembrar-me de Forrest.

Mas uma noite, quando os trabalhadores haviam partido e achei que estivesse sozinho, alguém tossiu atrás de meus ombros. Virei e vi George Fisher.

Disse:

– Meztre Forrezt dezeja vê-lo, zenhor.

Havia algo errado no jeito que ele falou o nome dele. Perguntei:

– Onde ele está?

– Na câmara.

Ficamos em silêncio no meio das casas iluminadas pelo luar.

Então, levantei-me e o segui.

Não havia estado lá desde a noite em que Forrest havia morrido. Pensei que nunca mais a veria. Para minha surpresa, Sylvia estava lá também, enrolada em sua capa, parecendo um pouco assustada.

– Zac... o que está acontecendo?

– Não faço ideia – disse.

O local estava vazio. Uma vela brilhava no escuro. Só a fonte no chão borbulhava. Mas no chão, ao lado dela, uma sepultura havia sido aberta e uma pedra colocada ao seu lado...

Uma métope. Mostrava Bladud voando, suas asas abertas.

– Só há mais uma, de alguma forma.

Fisher olhou para mim, inexpressivo.

– É para eztar aqui. Para ele.

Aproximei-me e olhei para baixo. Sylvia agarrou-se em meu braço. Vimos o caixão dele lá no fundo, com uma serpente esculpida na madeira e com um círculo e um triângulo sobre ela, só por um segundo, na chama da vela.

Ao virar-me, Jack Forrest entrou pela passagem da porta com Ralph Alleyn atrás dele. Ambos olharam para baixo, pela abertura escura.

Alguns trabalhadores esperavam do lado de fora, com ferramentas nas mãos.

– Como ele queria – disse Alleyn baixinho. – Ninguém saberá, exceto nós.

Jack Forrest olhou para nós.

– Esta manhã, li o testamento de meu pai. Seus desejos eram claros e pretendo honrá-los. Gostaria que o aprendizado de mestre Stoke fosse completado, o que significa, se você concordar, que vai trabalhar comigo de agora em diante.

Balancei a cabeça. Não consegui falar, por não acreditar no que ouvia.

Olhou para Sylvia.

– Meu pai também me instruiu dizendo que uma casa do Círculo tem de ser comprada para você. Deixou-lhe uma pequena herança também.

Ela olhava para o chão.

– Não mereço.

– Ele achou que sim.

– Escreveu isso antes de saber sobre mim, o que eu realmente era.

Se ela não tomasse cuidado, entregaria a nós dois. Disse rapidamente:

– Sylvia, não importa. Subiu aquelas escadas correndo que nem louco para salvá-la. Sabia que... sabia de tudo. Mas não foi suficiente para detê-lo. Ainda se preocupava com você. Se ele estivesse aqui agora, riria de você e diria para que fizesse o que estava falando. Não diria?

Sabia que eu estava certo. Vi pela sua expressão que aceitaria seu presente, que faria de sua casa algo lindo, pois havia sido dele e a presenteara. Quanto a mim, meus sentimentos estavam confusos. Será que gostava deste Forrest moreno e sério? Parecia não ter nenhum dos sonhos e das visões do seu pai. Certa vez haviam, os dois, me irritado. Agora, porém, não conseguia viver sem eles.

Ralph Alleyn disse:

– Vamos selar esta câmara. Então, deem uma última olhada ao redor. Acho que nunca mais ninguém entrará aqui.

Olhei para as paredes, o teto com modilhões. Não era um lugar do qual quisesse manter recordações ou pensar facilmente. Toda minha vida estaria aqui, obscura e silenciosa, no coração de meu passado.

Sylvia deu alguns passos em direção à fonte. Inclinou-se e olhou para a pequena poça de água através do vapor. Vi seu reflexo confuso e obscuro. Então, ajoelhou-se.

– O que é isto?

Colocou seus dedos na lama quente e cavou, tirando um minúsculo pedaço de papel, dobrado, quebrado e antigo. Parecia ter sido empurrado de algum lugar do fundo daquela trinca d'água. Nós a rodeamos enquanto o desdobrava, mas o papel se quebrou em pedaços em seus dedos.

– Traga uma lanterna.

Quando Fisher trouxe a lanterna, vimos as palavras escritas nos fragmentos de papel.

Leu-as em voz alta.

Quero que você termine com a sombra de minha vida.

Por um momento, o cômodo ecoou as palavras.

Alleyn disse:

– Como estas palavras vieram parar aqui?

Olhei-o. Se ele *fosse* um dos Oroboros, certamente saberia.

– É um votivo, atirado na fonte. Quem sabe onde e há quanto tempo. Meu pai dizia que deveria ter uma série de caminhos de água sob a cidade – Jack Forrest respondeu.

– Guarde para você, Sylvia; mas, agora, os homens estão esperando.

Fizeram o chão ficar liso e construíram uma abóbada enquanto observávamos. Construíam-na eficazmente de modo que a escuridão interior ia desaparecendo lentamente. Uma escuridão cheia de vapor se tornou pequena, do tamanho da última pedra a ser posta, a pedra principal. Quando Fisher a levantou, Zac o impediu.

– Deixe-me!

Olhou para Forrest, que balançou a cabeça, surpreso.

Fui um trabalhador estranho. Deslizei a pedra cuidadosamente no vão, de modo que um pouco de argamassa escorresse para fora e caísse em minha camisa. Pegando a colher de pedreiro, raspei a pedra até ficar limpa e me afastei.

– É costumeiro fazermoz uma marca.

Fisher deu-me um formão e um martelo. Por um momento, não fazia ideia do que falara. Os homens sorriram. Então, levantei as ferramentas e entalhei Z S 1754 na pedra.

Parecia um trabalho de amador.

Mais tarde, enquanto observava Alleyn levar Sylvia para casa, Jack Forrest se aproximou por trás de mim e disse:

– Há uma coisa que quero lhe mostrar, Zac.

Atravessamos o local da obra para oeste. O Sol já havia se posto, as primeiras estrelas estavam acabando de aparecer no céu, tímidas em meio às nuvens. A Lua crescente erguia-se sobre a colina. Em algum lugar, ovelhas baliam, porém, não conseguia vê-las ainda. No lado mais distante do Círculo, havia uma trilha que conduzia aos campos. Sabia que viraria uma rua em breve, uma das três que conduziria para o lado de fora do Círculo. No final dela, havia uma ladeira de inclinação suave onde as ovelhas estavam, juntamente com porcos, vivendo acima dos carvalhais que cresciam.

Forrest parou e apoiou-se no portão.

– É aqui.

– Um campo?

– Meu campo. – Olhou para cima. – Você trabalhou com meu pai. Era um homem brilhante, um homem de faísca e fogo... Você já pensou como deve ter sido para mim ser filho de John Forrest?

Difícil, pensei, mas não disse nada.

Acenou.

– O Círculo é a obra-prima de meu pai, mas pretendo construir a minha, bem aqui. A dele é o Sol. A minha será a Lua. Um grande crescente de pedra. Você e eu o construiremos, Zac. Símbolos druídicos erguendo-se em uma cidade perfeita.

Respondi a ele que ficaria honrado. Mas meu olhar estava fixo em sua mão. Ao redor de seu dedo mindinho, usava um anel de ouro. Era da forma de uma cobra que devorava seu próprio rabo.

Talvez tenha percebido que eu o estava observando, pois em voz baixa disse:

– Deixou-o para mim. Você não precisava ter se preocupado com as métopes. Certificar-me-ia de que fossem incluídas no projeto.

Olhamo-nos.

Abaixo de nós, onde estavam as árvores, todas as gralhas levantaram-se, grasnaram e puseram-se em ordem novamente, como se ainda não estivessem prontas para dormir.

Nota da autora

Sempre fui fascinada pelo Círculo do Rei, em Bath. A cidade inteira tem uma atmosfera dourada peculiar, um mistério em cada esquina, mas esta rua circular intriga seu espectador, com sua perfeição e seus símbolos esculpidos, desconhecidos. Não me surpreendi que seu arquiteto, John Wood – o Ancião –, fosse influenciado por teorias druídicas e ideias sobre medições sagradas.

Quis experimentar um pouco disso neste romance, entrelaçar três fios de história, de tal modo que nunca realmente se tocassem, mas ecoassem diferentes temas e imagens. Usei alguns fatos reais da vida de John Wood, mas mudando alguns deles e inventando outros, para que John Forrest se tornasse uma criação ficcional e parcialmente baseada na realidade. Bladud é um ser mítico. Sua história pode ser encontrada em crônicas antigas; Sulis é uma história que criei.

Mito, ficção e fato. Três pontas de um triângulo. Um termina no outro, de tal modo que a verdade nunca é totalmente pontual. Espero que este romance tenha capturado um pouco deste enigma, este círculo ao redor de acontecimentos e localidades. E espero que um dia o leitor visite as Águas de Sulis pessoalmente.

Catherine Fisher

GRÁFICA PAYM
Tel. (011) 4392-3344
paym@terra.com.br